우리 시대를 읽는 26가지 코드

현실은 언제나 철학적이다

우리 시대를 읽는 26가지 코드

현실은 언제나 철학적이다

「하병학 지음」

철학과현실사

들어가면서 ...

현실은 언제나 철학적이다.

우리의 삶은 무턱대고 뜻도 없이 진행하지 않는다.

나의 삶을 구성하는 현실은, 나를 에워싸고 있는 우리 사회는 내가 읽어내야 할 가장 귀중한 텍스트다. 읽어내지 못하는 현실은 나에게 아무런 약속을 하지 않는다. 읽어내지 못하는 우리 사회는 나를 자꾸 지배하려 든다.

하지만 그 텍스트는 내가 읽는 책과는 달리, 내가 보는 영화와는 달리, 제대로 읽어내기 힘들다. 내가 바로 그 텍스트 안에 있기 때문이다. 마치 숲 속에서 숲을 보기 힘든 것처럼 말이다.

현실은 바다의 수면 위에 떠오른 빙하의 일부처럼 그 깊이를 드러내지 않는다. 저자는 현실이라는 텍스트를 읽기 위해 드러난 현실의 수면 밑에 있는 현실의 수심으로

들어가려 한다. 하지만 다시 수면 위로 떠오를 것이다. 생명의 힘찬 공기를 마시기 위해 ….

저자는 우리 현실을, 우리 삶을, 우리 사회를, 우리 시대를 읽어내기 위해 우리에게 주요하게 떠올랐던 코드, 키워드, 핵심어, 주요 개념 26가지를 골랐다.

꿈·조폭·부자·여론·보복·토론·양비론·왕따·거짓말·야만·어린이·몸·일·시위·명품·코드·자살·자기 기만·독서·동물·대박·표절·여성·부끄러움·웰빙·합법.

이것을 생명줄 삼아 수면과 수심을, 현실과 철학을 오가려 한다.

철학은 언제나 현실적이다.

우리의 사고는 무턱대고 내용도 없이 진행되지 않는다.

여기의 글들은 저자가 지난 1년여 동안 『독서신문』의 「우리 시대를 읽는 26가지 코드」라는 고정란에 실은 칼럼들이다. 이 책의 편집에 도움을 준 제자 가인현 님에게 감사한다.

2004년 5월

하 병 학

차 례

차 례
. . . . . .

차 례

· · · · ·

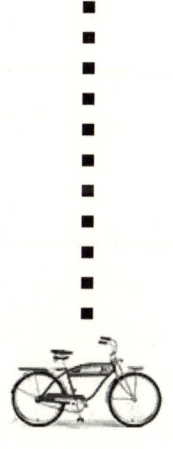

우리 시대를 읽는 26가지 코드

현실은 언제나 철학적이다

"가장 완전한 행복은 꿈과 현실의 결합이다"

생각보다는 이른 찬바람이 한 해를 빨리 저물게 한다.
2000년 들어 우리 국민들에게 가장 인상 깊었던 일을 묻는
다면 대다수가 월드컵에서의 선전과 국민들의 붉은 물결
이라고 대답할 것이다. 네 번의 월드컵 본선에서 한 번도
이겨보지 못한 탓에 국민들이 처음부터 월드컵에 대해 희
망적인 꿈을 꾸지는 않았으리라. 하지만 대회가 진행되면
서, 처음엔 1승만 해도 대표팀을 탓하지 않겠다던 마음속
의 다짐이 점점 더 큰 꿈을 꿔도 되겠다는 희망으로 바뀌기
시작했다. 4강까지 오르자 '이번에는 패할 것'이라는 생각
을 가진 국민들도 많지는 않았던 것 같다. 응원만 죽으라고
하면 질 것 같지가 않다는 믿음이 자리잡기 시작한 것이다.
이제 누구나 '붉은 악마'가 되어버린 독일과의 준결승전, 바
로 그때 원조 '붉은 악마'는 '꿈★은 이루어진다'는 카드섹

꿈★은 이루어지고 우리에게 더 큰 희망을 안겨주었다.

션을 내놓았다. 안타깝게도 우리는 이 경기에서 패하였고 신문에서는 일제히 '꿈은 깨졌지만 …', '꿈은 멈췄지만 …' 이라는 기사를 내놓았다.

오랜만에 온 국민들이 즐거운 꿈을 함께 꾼 것 같다. IMF 체제가 막 들어서던 시절 박세리 선수가 양말을 벗고 물에 들어가 골프공을 치던 모습에서 온 국민들이 IMF 극복이라는 꿈과 함께 사랑하는 아이의 돌 반지를 기꺼이 내놓은 지 4년이 지나서다.

꿈꾸는 것은 인간의 특성 중에 하나다. 재미있는 현상

중 하나는 잠을 잘 때 꾸는 '꿈'이라는 말이 대부분의 언어에서 '환상', 더 나아가 '희망'이라는 뜻을 갖고 있다는 점이다. '드림팀'이라는 이름이 강력한 우승 후보를 뜻하는 것처럼 말이다. 꿈에서는 불가능한 것이 없고, 꿈은 현실과는 다른 상상의 세계라는 특징이 '꿈'이라는 낱말의 의미를 확장시켰을 것이다.

꿈이 현실에 대해 어떤 의미가 있는가에 대해 사람들은 늘 궁금하게 생각해왔다. 비록 비과학적이지만 돼지꿈, 용꿈을 다음날의 행운으로 해석하는 것도 이를 보여주고 있다. 꿈을 과학적으로 해석하려고 했던 첫 번째 학자는 프로이트다. 그는 꿈을 신체의 현상이 아니라 정신의 현상으로 보고 꿈의 정신 분석이라 새로운 길을 제시하면서 '꿈은 소원 성취'라고 규정하였다.

꿈과 관련지어 결코 빼놓을 수 없는 철학자는 장자(莊子)다. 그의 '호접지몽(胡蝶之夢)'은, 다시 말해 꿈에서 나비가 되었다가 꿈에서 깨어난 뒤 '장자가 꿈에서 나비가 되었는지, 아니면 나비의 꿈에서 장자가 되었는지' 하는 물음은, 우리가 말하는 현실이 꿈이 아니고 진정한 현실임을 우리가 어떻게 확정할 수 있는가를 묻고 있다. 이러한 근본적인 의심은 영화 「트루먼 쇼」, 「매트릭스」 등에서 소재가 되기도 했다. 꿈인지 아닌지는 꼬집어봄으로써 확인할 수 있다고 흔히 생각하지만, 꿈에서도 현실과 구별할 수 없을 정도의 공포·아픔·즐거움 등의 느낌을 가져본 사람이라면 지각이 꿈과 현실을 구별할 수 있는 기준이 못 된다는 것을 알 것이다.

꿈에 대해서는 긍정적인 시각도 있지만 부정적인 시각도 있다. 프랑스 속담에 '청년은 꿈꾸고 노인은 계산한다'는 말이 있지만, 중국 속담에는 '자신의 꿈을 믿는 자는 자신의 삶을 잠들게 한다'는 말이 있다. 사실 나이가 들수록 꿈을 꾸기가 힘들다. 살아온 경험이 원대한 꿈을 꾸게 내버려 두질 않는다. 꿈은 젊음의 상징이다. 광고문에서도 '꿈을 꾸지 않는 어린이는 자라지 않습니다'라는 말이 있지 않는가. 그래서 도스토예프스키는 "새로운 꿈은 새로운 희망"

달 표면 위 인간의 발자국. 우리는 꿈을 꾼다. 그리고 그것을 위해 노력한다. 그리고 그것은 이루어진다.

이라고 말한다.

하지만 현대는 꿈을 꾸기에는 너무나 현실적인 시대가
되어버렸다. 우리 시대에 꿈이 깨졌다고 본다면, 꿈이 없다
고 본다면, 그것도 악몽이다. 꿈이 없는 사람과 사회는 상
상력도 희망도 없는 사람과 사회다. 하지만 꿈이 현실과 자
신의 노력에 기반하지 않는다면 꿈을 긍정적으로만 보기
도 힘들다. 그렇게 되면 몽상과 다를 바 없다. 그래서 톨스
토이는 "꿈은 현실보다 나은 것을 갖고 있다. 현실도 꿈보
다 나은 것을 갖고 있다. 가장 완전한 행복은 꿈과 현실의
결합이다"라고 말한다. 멋진 꿈은 현실을 벗어나 있지만 가
능한 현실성을 갖고 있어야 한다. 이제 우리 멋진 꿈을 꿔
보자.

click 2···조 폭

"폭력 앞에서 침묵하는 자는 자신의 권리를 잃는다"

최근 들어 우리 입에서 자주 오르내린 말 중에 하나가 '조폭'이다. '조폭', 즉 '조직 폭력'은 특히 지난 몇 년간 우리의 웃음과 눈물을 자아냈던 텔레비전 드라마나 영화 등에서 가장 많이 등장한 소재다. 「주유소 습격 사건」, 「친구」, 「신라의 달밤」, 「달마야 놀자」 등 조폭을 소재로 한 영화를 꼽느니 차라리 조폭을 소재로 하지 않는 영화를 꼽는 게 쉬울 정도다. 그 중 「친구」는 영화시상식에서, 800만 명의 관객수가 증명하는데 왜 상을 안 주느냐는 항의로 심사위원들의 사퇴라는 결과를 이끌어냈는가 하면, 주인공과 감독 간의 불화, 조폭에게 돈을 갖다바친 의혹과 함께 검찰 수사까지 이끌어냈다. 영화 내용만큼이나 영화 뒷면도 조폭적이다. 폭력과 상업주의의 결탁이 미학의 화면 뒤에서 야릇한 웃음을 짓고 있다.

이러한 조폭 신드롬의 물꼬는 아무래도 술꾼을 안방으로 끌어들인 「모래시계」가 아닌가싶다. 최근 들어와 시청률 50%를 웃도는 「야인시대」 역시 일제 시대의 조폭에 관한 이야기다. 조폭도 우리 사회의 현실이라고, 조폭에도 우리와 더불어 울고 웃을 수 있는 인간의 자화상이 들어 있다는 두둔도 일리는 있다. 그리고 야비한 정치인에 비하면 차라리 조폭 세계에서 정의를 찾기 쉽다는 말에도 동감이 간다. 인간은 원초적으로 폭력적인가? 그래서 문명화된 우리 시대에 조폭에 관한 이야기로 그 원초성을 달래고 싶은가? 전쟁을 방불케하는 유럽 축구장의 훌리건들의 폭력성은 전쟁을 대신한 폭력성의 해소인가?

폭력 자체를 미화하는 사람들은 별로 없을 것이다. 하지만 경우에 따라서는 폭력도 정의를

아름다운 폭력(?)

위해 필요하다는 주장이 현실적으로 폭력을 부추기고 있다는 것을 간과해서는 안 된다. 이를 톨스토이는 "300년 전에는 고문이 오늘날의 폭력처럼 필요한 것으로 간주되었다. 고문이 원하는 바를 아주 빨리 이루어내듯, 오늘날에는 폭력이 그 일을 대신한다"고 이미 경고했다. 필요한 폭력이라면 개인적인 폭력보다 조직적인 폭력이 더 효과적일 것이다.

하지만 개인적인 폭력과 조직적인 폭력의 차이는 단순히 수와 양에 있지 않다. 한 개인의 폭력은 대개 순간적 감정에 지배되어 나타나지만, 조직적인 폭력은 계획적이고 자기 보호라는 생명력을 갖고 있다. 몇 백 년의 역사를 지닌 조폭의 대명사 '마피아'의 특징이 바로 '조직망', '묵계', '계약'이다. 국가에 대한 국민의 불신임에서 마피아가 출현한 것을 봐도 알 수 있듯이, 조폭이 설친다는 것은 바로 정부의 건강하지 못한 통치력의 반증이다. 마피아가 큰 힘을 얻게 된 계기는 바로 권력과의 결탁이었다. 우리 정치가 어두운 시절, '용팔이'가 야당을 탄압하는 데 선봉장의 역할을 하면서 조폭이 우리 사회를 더욱 어둡게 한 것도 한 예다. 정치인·검사·형사와 조폭의 불량한 공생 관계가 조폭을 척결할 수 없게 하고, 감옥에 들어간 조폭 두목이 감방에서 호화 생활을 한다고 한다.

어느 시대에서든 최고의 조폭은 권력에 의한 폭력이다. 그래서 한나 아렌트는 『폭력의 세기』에서, 국민들의 지지에 기반한 권력과 국민들의 지지와 무관한 정치적 폭력을 구별한다. 그 무엇보다도 조직적인 정치가 폭력적이라면 바로 가장 무서운 조폭이 되는 것이다. 중세 시대에 수없이 많은 약자들을 고문과 사형의 이슬로 보낸 마녀 사냥도, 나치당에 의한 600여 만 명의 유대인 학살도 조폭의 하나다. 미군의 탱크 운전 사고에 의한 여중생 희생은 우연일 수 있으나, 충분한 사과나 적절한 처벌을 조직적으로 하지 않는다면 조폭 행위가 된다.

조폭 중에 가장 무서운 것은 바로 '정의'라는 이름을 달고 나타나는 조폭이다. 과연 무엇이 선이고 무엇이 악인지 구별할 수 없어, 누구나 폭력에 동참하고도 누구도 반성하기 힘들게 만들기 때문이다. 2000년에 들어와 '정의'라는 이름을 달고 나타난 폭력의 하나로 의심받기에 충분한 것은 뉴욕 쌍둥이 무역센터 건물에 대한 비행기 폭파 사건과, 이에 대한 응징으로 미국의 대(對)아프가니스탄 전쟁이다. 전쟁은 조폭 행위의 대명사다. 그래서 폰 그라우스비츠는 "전쟁은 적에게 우리의 의지(요구)를 충족하게 하는 폭력 행위다"라고 압축적으로 말한다.

조폭에, 폭력에 우리는 어떻게 대처해야 하나? 이에 대해 '폭력 앞에서 침묵하는 자는 자신의 권리를 잃는다'는 독일 속담이 우리에게 가장 반듯한 태도를 알려준다. 스스로 약하다고 생각하는 우리가 이제 호루라기를 불 때다.

"정의의 칼을 들어라!"

click 3···부자

"부는 단지 수단일 뿐이다"

"여러분~, 부~자 되세요~."

2002~2003년 연말 연시에 나와 한동안 많은 사람들의 이목을 끌었던 한 카드 회사의 광고다. 그 후 이 광고는 한국방송공사 조사에서 작년 최고의 인기 광고로 발표되었고 이번 겨울을 맞이하여 후속 광고도 선보이고 있다. 한 광고가 최고 인기를 끈다는 것은 그만큼 우리 사회와 호흡이 잘 맞는다는 말이다. 2002년 서점에서는 『부자 아빠 가난한 아빠』, 『이웃집 백만장자』 등의 책이 베스트셀러로 등장하였고, 심지어 증권 회사에서는 '부자 아빠 펀드'라는 상품을 내놓아 많은 투자자를 모집하기도 했다. 그리고 '자식을 부자로 키우는 법' 등의 특강이 인기를 끌고 있다고 한다. 부자가 오늘날 우리의 최대의 꿈임을 여실히 보여주고 있는 단서들이다.

하기야 어느 시대나 부자가 되는 것은 많은 사람들의 관심의 대상이었는데 오늘날처럼 자본주의 사회에서는 오죽하겠는가? 하지만 부를 삶의 목표로 삼지 않는 직업도 많다. 교사·교수·성직자·공무원 등의 생활인이 많은 우리나라에, 카드 빚에 허덕이는 개인들이 많은 우리 사회에, 개인 파산을 선언하는 사람들이 많은 이때에, '부자'를 화두로 삼은 카드 회사의 광고가 인기를 끌었다는 사실이 우리를 슬프게 한다.

부자에 대한 선지자들의 말을 살펴보자. 어느 유명인의 말에서도 부자를 높이 평가한 것을 찾아보기는 드물고, 부자들을 탓하거나 부자가 되는 것이 인생에서 중요한 일이 아니라는 가르침 일색인 것이 오히려 비정상적인 것 같다. '낙타가 바늘구멍에 들어가는 것이 부자가 하나님 나라에 들어가는 것보다 더 쉽다'는 『성경』의 구절이나 "부자는 자신의 삶을 위해 부를 투자하기보다는 부를 위해 자신의 삶을 투자한다"는 베데킨트의 말에서도 이를 알 수 있다.

하지만 가만히 생각해보면 부 자체는 부정적인 것도 긍정적인 것도 아니다. 특히 자본주의 사회에서 부를 추구하는 행위 자체를 부정적으로 볼 수는 없다. 부란 단지 넉넉함을 말하는 것이요, 오늘날의 부는 물질의 풍부함을 말할 뿐이다. 사실 이웃이 가난에 허덕일 때 도와줄 능력이 없는 것도 괴로움의 하나다. 그래서 아리스토텔레스는 "부는 선이 아니다. 왜냐 하면 부는 단지 수단일 뿐이다"라고 말한다. 다시 말해 부는 '선함, 착함의 수단'이 될 수 있다는 것이다.

부와 부자가 비난의 대상이 되는 것은 모두가 가난에 빠져 있을 때 가난한 사람들에 대한 애정의 결핍, 즉 자신만의 물질적 행복에 만족하는 도덕적 해이에서 출발한다. 모두들 부를 좇으면서도 부자를 부도덕한 사람으로 보는 시각이 지배하는 사회는 병든 사회다. 자본주의 사회에서 우리만큼 부자를 부도덕하게 보는 사회도 별로 없을 것이다. 경제적으로 가장 여유 있다는 변호사나 의사들의 세금이 박봉에 시달리는 봉급쟁이보다도 적고, 서울 어느 동네 집만 한 채 사두면 한 해에 몇 억씩 버는 경제 구조가 우리를 이중적으로 만드는 것이다. 전직 현직 대통령이, 그리고 대통령 후보가 자식의 재산을 공개하기 힘든 사회가 바로 우리 사회다.

우리 사회는 물질만능주의, 물신 사상에 물이 많이 들었다. 세계에 가장 큰 부자인 빌 게이츠는 총재산이 모두 63조 원 정도 된다고 한다. 그 액수에 놀랄 수밖에 없다. 하지만 더 놀라운 것은 그가 그의 재산의 반인 31조 원을 세계 각국에 기부하였다는 사실과, 자녀들에게는 단돈 1원도 상속하지 않겠다는 태도다. 그는 진정 '가장 큰 부자도 수의(壽衣)를 입고 죽을 뿐이다'라는 프랑스 속담을 아는 사람이요, 자식들에게 물려줄 위대한 것은 결코 돈이 아님을 아는 사람이다.

마이다스에게 남은 것은 무엇인가?

26 현실은 언제나 철학적이다

하지만 다시 우리를 되돌아보면, 우리가 원래 물질만을 숭배하던 민족이 아니었다. 우리 선조들이 가장 바람직한 인간상으로 손꼽는 것은 선비였다. 이들은 물질적 부자는 아니었지만 지식의 부자, 마음의 부자, 인품의 부자였다.

개인의 부만이 아니라 국가의 부를 생각해보자. 독일 통일을 이끌었던 헬무트 콜 전 독일 수상은 한 나라의 부를 그 나라 국민의 "부지런함, 풍부한 이상(理想), 창의력"이라고 하였다. 이것이야말로 우리 국민들의 특징 아닌가? 이제 부자가 왜 되고 싶은지 그리고 어떤 부자가 되고 싶은지 우리 스스로 돌아볼 때다.

"우리는 여론의 노예가 아니라 주인이 되어야
한다"

해마다 연말이면 해오듯 작년에도 한 해를 마감하면서
각 신문사는 국내 10대 뉴스를 선정하였다. 신문사마다 선
정 기준이 달라 어떤 사건은 어느 신문사에 의해 10대 뉴스
에 선정되지만 다른 신문사에서는 제외되기도 한다. 하지
만 작년 10대 뉴스에 노무현 씨의 대통령 당선을 뺀 신문사
는 없었다. 앞으로 5년 동안 국가의 미래를 책임질 대통령
선거가 한 해 가장 중요한 뉴스가 되는 것이야 자연스러운
일이지만, 이번 대선(大選)은 기존의 선거와는 획기적인
차이가 있었다는 점에서 뉴스의 가치가 높다.

이번 대선에서 가장 특징적인 것은 무엇보다도 '여론'
이었다. 작년 봄 민주당에서는 대선 후보를 뽑으면서 새롭
게 '국민경선제'를 도입하여 국민들의 여론을 대선 후보 선
정에 반영하기 시작하였고, 여기에서 정치계에 처음 등장

여론은 곧 권력이다.

한 정치인 팬클럽 '노사모(노무현을 사랑하는 사람들의 모임)'가 여론을 끌어가기 시작했다. 예상 밖의 국민의 지지를 받아 민주당 후보로 선정된 노무현 씨가 국민적 지지율, 다시 말해 여론의 지지율이 다시 떨어지자 정몽준 후보와 후보 단일화를 결정하였고, 다시 여론을 통해 단일 후보로 선정되었다. 한마디로 여론의 향배에 따라 노무현 씨는 울고 웃은 것이다. 그 후 선거 당일 개표 시간과 함께 공개된 각 방송사들의 출구 여론 조사를 통한 대통령 당선자 예상 보도는 모든 방송국이 정확하게 당선자를 예측함으로써 여론 조사의 과학성을 입증하였다.

　　여론을 부정적으로 본 대표적인 사람은 민주주의가 최

초로 시행된 아테네의 소크라테스다. 그는 대중의 의견이 결코 진리를 보장하지 못함을 직시하고 여론이 진리와 무관함을 역설하였다. 그는 여론에 '다수의 횡포'라는 위험성이 있음을 알았던 것이다. 이와 같은 소크라테스의 사상은 아리스토텔레스의 논리학에서 '군중에 호소하는 오류', 다시 말해 '친구 따라 강남 간다'는 속담에서 말하듯, 다른 사람들이 하는 대로 따라한다고 해서 정당성을 확보하지는 못한다는 비판으로 자리를 잡는다. 여론이 다시 정치적으로 주목받기 시작한 것은 프랑스혁명부터다. 그 후 국민들의 일반적인 견해에 대한 정치적 인정은 민주주의의 발전과 보폭을 같이 해왔다. 그리고 현대는 톨스토이가 "여론은 어떤 법과 무력보다도 백만 배 더 강하다"고 말한 것처럼

수많은 언론 매체는 올바른 여론을 반영하는가?

여론의 시대가 되었다.

　여론을 형성하고 반영하는 데 가장 주도적인 역할을
하는 것은 언론 매체다. 그래서 언론의 자유는 민주주의의
토대가 된다. 하지만 이러한 인정이 언론사가 항상 여론을
공정하게 반영함을 의미하는 것은 아니다. 지난 몇 년 동안
국내의 몇몇 대형 신문사에 대한 안티 운동은 바로 민주적
공론의 장이 되어야 할 언론사들이 오히려 여론을 '조작'하
고 국민적 갈등을 부추기는 '왜곡'의 장으로 전락한 것에
대한 국민적 비판 운동이다. 이와 같은 비판 운동도, 이번
대선에서 여론을 이끌었던 것도, 기존의 여론 매체들이 아
니라 오히려 인터넷의 일반 국민들과 온라인의 신문사들
이었다. 이러한 의미에서 이번 대선은 바로 국민적 승리라

고 할 수 있다.

우리는 여론에 대해 어떤 태도를 가져야 하나? H. 나르는 "여론은 가장 나쁜 결정을 방지하지만, 마찬가지로 가장 좋은 결정을 방해한다"고 하였다. 여론을 존중해야 하지만 여론이라고 해서 최선을 보장하지는 않는다는 말이다. 한편, 여론으로부터 개인이 자유롭기도 쉽지 않다. H. 바글은 "한 사회가 여론이라고 부르는 것은 개인에게서의 선입견일 뿐이다"라고 말한다. 더 나아가 H. 발작은 "한 사회에 산다는 것은 출생부터 여론의 노예로 산다는 것이다"라고 말하였다. 가장 바람직한 것은 우리가 여론의 노예가 아니라 주인이 되는 것이다. 그러기 위해서는 여론의 형성 과정을 보아야 한다. 한 공동체가 동일한 목소리를 낸다고 해서 그것이 진정한 여론은 아니다. 우선 다양한 입장과 목소리에서 출발한 상이한 의견의 가능성이 열려 있어야 하고, 그러한 의견들이 서로 비교·비판·이해된 뒤에 더불어 사는 사회의 수렴된 의견이야말로 진정한 여론이다. 그리고 진정한 여론이란 언제나 다른 소수 의견이 설자리를 남겨두는, 한 시대의 다수의 의견에 다름아니다.

click 5 · · · 보 복

"정의에는 목적도 중요하지만 수단과 절차도
중요하다"

최근 국내의 대선을 앞두고, 물론 지난 대선에서도 마
찬가지로, 야당의 대통령 후보자들이 마치 고해성사처럼
국민들 앞에 먼저 맹세해야 할 일은 보복 금지였다. 대선
승리 후, 야당을 하는 동안에 받은 정치적 탄압에 대해 앙
갚음을 하는 것이 국가의 미래에 도움을 주지 않을 뿐더러
보복이 두려워 공인들이 부정 선거에 앞장서는 것을 막기
위해서다. 보복은 국제 사회에서도 큰 문제를 야기한다. 이
스라엘과 팔레스타인의 끊임없는 보복 행위는 전 세계인
을 불안하게 하고, 2000년 이후 전 세계인을 고민에 빠지게
한 사건도 9월 11일 미국 쌍둥이 빌딩에 대한 테러와 이에
대한 미국의 보복 공격이다. 아프가니스탄에 대해 보복 공
격 이후 미국은 다시 이라크에 대해 보복 공격을 감행하였
고, 이에 대한 지지와 반대로 국제 사회는 갈등에 빠져 있

테러는 악이다.

다. 이처럼 보복은 인간 사회에 깊이 뿌리박고 있다.

하지만 보복·복수·응징·앙갚음 등을 무조건 잘못된 행위로 보는 것은 선입견에 불과하다. 보복은 인간 사회, 질서 그리고 나아가 정의와 그 역사를 같이 한다. 모든 법은 불법적인 행위에 대해 범죄의 진압과 예방을 목적으로 제재와 처벌 내용을 정하고 있다. 이러한 형벌 제도는 보복이 법의 특성의 하나임을 보여준다. 법학에서 개인적인 제재를 '복수'로, 국가적인 제재를 '형벌'로 규정하고 있지만 말이다.

보복은 우리가 악에 대해 어떻게 대해야 하는지에 대한 근원적인 물음을 던진다. 선을 선으로 갚은 것이야 두말할 필요가 없다. 악에 대해서는 크게 세 가지 대응 방식이 가능하다. 첫째, '악을 악으로' 갚는 방식이다. '눈에는 눈, 이에는 이로'라는 '탈리오 법칙 (lex talionis)'이 이런 방식을 대표한다. 세계에서 가장 오래된 성문법인 함무라비법전의 동해보복형(同害報復刑), 고조선의 팔조금법 1조인 '살인자는 사형에 처한다'가 바로 이 방식에 해당한다.

이 방식은 범죄를 저지른 자에게 제재를 가함으로써 범죄를 예방할 수 있다는 뚜렷한 장점을 갖고 있다. 하지만 문제는 악이 끊임없이 반복되면서 그 고리를 끊을 수 없다는 점이다. 내 아버지를 죽인 사람을 내가 죽이고, 그 아들이 나를 죽이며, 나의 아들이 …. 더 나아가 코닐의

악은 보복을 부른다.

"반만 복수하는 자는 자신을 위험에 빠뜨린다"는 말에서도 읽을 수 있듯이, 복수는 복수 대상자가 저지른 폭력보다 더

큰 폭력이 될 위험이 있다. 팔레스타인의 폭력에 대해 이스라엘 정부는 꼭 '100배'를 갚아주겠다고 공언하지 않는가.

둘째, '악을 선으로' 갚는 방식이다. 이 방식을 대표하는 것은 위에서 말한 탈리오 법칙을 반대하는 예수의 산상수훈(山上垂訓. Sermon on the Mount)이다(마태복음 5：28 이하). 이보다 먼저 이와 같은 가르침을 말한 사람은 노자(老子)다. 그는 『도덕경』에서 '보원이덕(報怨以德)', 즉 "원한은 덕으로 갚아야 한다"고 말한다. 현대에 들어와 간디의 무폭력주의도 이에 해당하고, 로드립의 "악을 선으로 갚는 것보다 더 용감한 복수는 없다"는 말도 같은 뜻이다. 이 방식의 최대의 장점은 악의 고리를 끊는다는 점이다. 하지만 여기에는 아주 훌륭한 행위 방식으로 보임에도 불구하고 큰 문제점이 도사리고 있다. 과연 악을 선으로 갚을 때 그 악이 선이 될 수 있는 계기가 무엇인가 하는 점이 설명되지 않는다. 또한 힘을 가진 폭력에 대한 합당한 대응 의무를 간과할 수 있으며, 악에 대해 선으로만 대한다면 어떻게 정의가 유지될 수 있는지 해명되지 않는다.

위의 방식에 대해 아주 멋진 반문을 하고 악에 대해 뛰어난 해결책을 내놓은 사람은 공자(孔子)다. 한 제자가 그에게 "원한(악)을 덕(선)으로 갚아야 합니까?"라고 물었을 때, 공자는 "그렇다면 덕은 무엇으로 갚을 것인가?"라고 반문하였다. 즉, 선도 악으로 갚고 악도 악으로 갚으면 선과 악을 과연 어떻게 구별할 수 있는가 하는 점을 지적한

것이다. 그는 이직보원(以直報怨), 곧 "원한은 공명정대함 (정의)으로 갚아야 한다"고 말하였다. 이것이 세 번째로 '악을 정의로' 갚는 방식이다. 소크라테스 역시 악을 악으로 갚는 방식을 비판하면서 악에 대해 정의로 대하기를 가르쳤다.

   그렇다면 정의란 무엇인가? 미국이 아프가니스탄에 대해 보복 공격을 할 때도 '무한 정의', '영원한 자유', '세계 평화' 등을 내세우지 않았던가? 정의에는 목적도 중요하지만 수단과 절차도 중요하다. 미국은 첫째로 빈 라덴이 테러범이라는 확실한 증거를 내놓았어야 하고, 둘째로 유엔의 동의를 받았어야 하며, 셋째로 사전에 무고한 아프가니스

탄인들이 피할 수 있도록 했어야 하며, 넷째로 불가피하게 일어난 불상사에 대해서는 충분한 사과와 보상을 했어야 한다. 그러므로 미국의 보복 전쟁은 '악을 악으로' 갚은 것에 불과하다.

그렇다면 '악을 정의로' 갚는 사회를 위해 우리는 어떻게 해야 하나? 그것은 옳고 그름을 끊임없이 함께 고민하고 토론하는 사회로 우리가 스스로를 개방하는 길이다. 그것만이 수단과 절차로서의 정의를 보존하기 때문이다.

이제 모두들 남의 땅에서 무기를 내려놓아라. 그리고 사랑하는 가족의 품으로 돌아가라. 그것만이 당신이 말하는 세계 평화를 이룩하는 유일한 길이다.

click 6···토론
"토론은 다른 사람들과 더불어 살아가기"

이제 며칠 있으면 노무현 대통령 시대가 된다. 미래의 청사진을 펼치면서 그는 우리나라를 한마디로 '토론공화국'으로 만들고 싶다고 한다. 민주주의가 발달된 서구 사회에서 토론은 선거에서 결정적인 역할을 한다. 미국의 부시와 고어의 대통령 후보 토론, 독일의 슈뢰더와 슈토이버의 수상 후보 토론 등에서처럼 말이다. 우리 역시 지난 대선에서 후보 토론회를 여러 번 가졌다. 또한 이제까지 텔레비전 프로그램에서나 인터넷 사이트에서 수없이 많은 토론을 봐왔고, 김대중 대통령 역시 토론을 강조한 정치인이다. 그리고 지난 대선 후보 토론회에서 노무현 씨가 큰 덕을 본 것 같지는 않은데, 왜 그는 그토록 토론을 강조하는가?

토론은 한 공동체에서 공동 관심사가 제기되었기 때문이다. 공적 문제에 대해 그 구성원들이 함께 다양한 해결책을 공개적으로 제안·비교·비판·검토·판단·결정하는 과정이 토론이다. 따라서 토론은 민주적인 의사 결정의 시작이요 민주 사회의 토대다. 민주 사회에서 다수결에 의한 의사 결정 이전에 토론이 필요한 이유는, 정당한 투표란 올바른 판단을 전제로 하기 때문이다. 그렇지 않으면 선입견에 의한 다수의 폭력이 되고 만다.

토론을 한다는 것은 상대를 한 공동체의 동일한 주체로 인정한다는 것이다. 미국이 아프가니스탄이나 이라크에 대해 군사 공격을 하기 전, 그들은 어떤 토론도 제안하지 않았다. 다만 최후 통첩을 보냈을 뿐이다. 아프가니스탄인이나 이라크인을 지구촌의 더불어 살아갈 주체로 보지 않았기 때문이다.

우리 사회에 대해 '토론은 있지만 토론은 없다'고 자조적으로 말한다. 텔레비전 토론 프로그램 등이 토론 형식만을 빌렸을 뿐 진정한 의미의 합리적인 토론을 보여주지 못하고 있다는 것이다. 그리고 초·중·고등학교에서 교사들이 일방적인 암기 교육을 벗어나 쌍방적, 창의적인 토론식 수업을 하려고 시도하지만, 토론에 대한 교과 과정을 갖고 있는 사범대학이나 교육대학은 거의 없다.

한 공동체에서 토론을 하겠다는 사람은 절대적이고 필연적인 진리를 추구하는 사람이 아니다. 다만 좀더 나은 해결책을 추구하는 사람이요, 그 좀 나은 해결책이 다른 사람과 더불어서만 발견될 수 있다고 믿는 사람이다. 즉, 토론

을 추구하는 사람은 몇몇 사람들이 잘못된 판단을 할지라도, 또 많은 다수가 잠시 잘못된 판단을 할지라도, 많은 다수가 영원히 잘못된 판단을 하지는 않으리라는 믿음을 가진 사람이다. 그리고 자기의 견해보다 더 나은 견해가 나온다면 자기의 견해를 바꿀 수 있는 사람이다. 김대중 씨의 토론 방식은 자기의 옳은 견해를 국민들에게 설득하기 위한 토론이요, 노무현 씨의 토론 방식은 좀더 나은 해결책을

찾기 위해 국민들과 하는 토론이다. 다시 말해 전자는 일방적인 웅변이고 후자는 쌍방적인 대화다. 전자는 국민을 교화 대상으로 보는 반면, 후자는 국민들의 건전한 상식의 가능성을 끊임없이 신뢰하는 사람이다.

이제 토론에서 중요한 것이 무엇인가를 생각해보자. 토론은 궁극적으로 '다른 사람들과 더불어 살아가기'다. 토

론에서 설득력을 갖추고 싶은 사람은 내가 어떻게 말하면 상대방이 나를 신뢰할 수 있을까를 스스로 물어보면 된다. 신뢰를 받기 위해서는 나의 말이 진실해야 하고, 상대방과 공감대를 이루어야 하며, 진솔하고도 반듯한 태도를 갖추어야 한다. 이를 로고스(logos) · 파토스(pathos) · 에토스(ethos)라고 한다. 로고스는 사실 · 진실 · 근거 · 추론 · 논증 · 정당성 등의 문제다. 이는 합리적인 토론이 올바른 결정을 목적으로 하고, 이는 올바른 판단을 전제로 한다는 특성을 나타낸다. 누구 말이 더 정당한가를 사심 없이 정확하게 따지는 신문 · 방송이 거의 없기에, 따질 수 있는 방법을 훈련하는 수업이나 책자가 거의 없기에, 우리 사회에 토론다운 토론이 없는 것이다.

둘째, 파토스는 상대방을 설득하는 데 효과적인 표현 방식과 정서적이고도 수사학적인 문제다. 인간은 이성적일 뿐만 아니라 감성적인 존재요, 언어는 인간의 가장 과학적인 발명품이자 가장 아름다운 예술품이다. 설득력이 있는 말이란 청자가 이해하기 쉬운 말이기에 좋은 토론자는 눈높이 대화, 시대 정신을 담은 비유, 적절한 사례 제시 등을 할 수 있는 언어 감각이 있어야 한다.

셋째, 에토스는 사회적 행위로서의 토론과 관련된 윤리적인 문제다. 토론할 때 규칙과 예의를 지켜야 하고, 인신 공격 · 비방 · 욕설 · 조롱 등이 없어야 하는 것도, 진솔성이 토론자의 의무가 되는 것도 토론이 바로 공적인 언어 행위이기 때문이다. J. 쥬베르트는 "토론의 목적은 승리가 아니라 성공이다"라고 말한다. 에토스를 간과하면 비록 토론에서는 승리할지 모르나 토론 상대자와 더불어 살아가는 데는 실패하게 된다.

토론의 목적은 결국 공존이다.

click 7 · · · 양비론
"세상은 다양성의 총체다"

    어떤 문제에 대해 두 부류가 나뉘어 논쟁을 벌이고 있을 때, 두 부류 모두 비난하는 태도를 우리 사회에서는 흔히 양비론(兩非論)이라고 부른다. 예를 들어 "때린 남편도 잘못이고, 집안 일을 제대로 하지 않은 아내도 잘못이다"라고 둘 다 비판하는 사람이 있다면 그는 양비론자라고 불리게 된다. 양비론은 특히 정치 문제와 관련지어 아주 부정적인 의미를 띠고 있다. 양비론은 두 부류, 여당과 야당 둘다를 비난함으로써 국민들이 정치에 혐오감을 갖게 하고 궁극적으로 정치적 냉소주의를 확장시킨다는 것이다. 하지만 다른 나라에서는 거의 사용되지도 않고 그 어원조차 불분명한 '양비론'이 우리 정치나 사회 비평에서 핵심 코드가 되는 것은 기이한 일이 아닐 수 없다.

    양비론을 비난하는 사람은 궁극적으로 양자택일의 순

간에 회색주의적인 태도를 취하는 것이 잘못되었다는 것
이다. 둘 중에 하나는 큰 잘못을 했고 다른 하나는 큰 잘못
이 없는데 그 주변적인 것을 꼬투리 잡아 비판함으로써 선
악의 구별을 힘들게 하고, 마치 중립적인 비판을 하는 것처
럼 보이지만 사실은 기회주의적인 태도를 취한다는 것이
다. 같은 논리라면 양시론(兩是論) 역시 비판될 것이다.

  양비론의 비난 근거가 되는 회색주의자의 대표적인 모
델은 『이솝이야기』의 '박쥐'다. 새와 쥐가 전쟁을 할 때 새
가 이기면 자신이 새라고 하고, 쥐가 이기면 자신이 쥐라고
하는 박쥐는 신의가 없고 그 정체성이 모호하며 이익에 따
라 언제든 자신의 입장을 바꾸는 대표적인 모델이어서, 우

리 사회에서는 '박쥐 같은 놈'이라는 말보다 더 혹독한 비난이 없을 정도다. 하지만 『이솝이야기』의 뒷면을 다시 생각해보면, 이 전쟁에서 아무도 죽이지 않은 자는 박쥐뿐이다. 그리고 다른 『이솝이야기』에서 다른 새들의 깃털로 치장한 까마귀와는 달리, 박쥐가 새와 쥐의 특성 둘 다 갖고 있다는 것도 사실이다.

겉으로 양비론과 대립되는 논리가 흑백 논리다. 흑백 논리란 둘 중에 하나는 흑·악·거짓이고 다른 하나는 백·선·진실이며, 그 밖의 다른 가치는 없다는 주장이다. 6·25전쟁 시절 낮에는 국방군, 밤에는 빨치산이 마을로 와 '빨갱이와 반동 분자'를 가릴 때, 그리고 아프가니스탄을 공격하기 전 미국이 각 나라에 '적 아니면 동지 둘 중에 하나'를 선택하라 할 때의 논리다. 하지만 이와 같이 둘 중에 하나가 맞고 하나가 틀린 것이 아닌 경우, 예를 들면 개혁이냐 보수냐, 새만금 사업 강행이냐 중단이냐에서 두 선택 가능성만이 아니라 절충이 가능한 경우에도 '둘 중에 오직 하나'를 주장하는 태도 역시 잘못된 것으로, '흑백 논리의 오류'로 불린다.

그럼 논쟁을 바라보는 바람직한 태도는 어떤 것인가? 두 부류가 논쟁을 할 때 합리적인 사람이 해야 할 일은 어느 입장이 어떤 장단점을 갖고 있는가 그 시시비비(是是非非)를 따지는 일이다. 논쟁이 가능한 경우는 어느 입장도 완전하지 않은 경우다. '1 + 1 = 2'처럼 의심할 바 없는 진리에 대해 논쟁하는 것을 보았는가? 특히 사회적인 문제에 대한 논쟁에서 어느 한 편이 완전히 옳고 어느 다른 한 편이 완전히 그른 경우는 없다. 그래서 양쪽의 옳고 그른 면을 정확히 따지고 지적하는 사람이 있을 때만 논쟁은 합리적인 해결책을 찾게 된다. 따라서 우리가 비난해야 하는 것은 '잘못된 양비론'이지 '양비론 자체'가 아니다. 부정적인 양비론에서 발전된 것이 '비판적 지지론'이다. 둘 다 좋지는 않지만 둘 중 하나가 덜 나쁘다는 의미에서 최악은 피하고 차악을 선택하는 것이 현실적이라는 논리다.

우리 사회의 의사 소통에서 주목해야 할 것은 '양비론'이라는 단어가 가치 중립적이지 않고 부정적으로 사용되고 있다는 점이다. 가치 중립적이지 않다는 것은 우리 사회가 '양비론'이라는 개념을 그 올바른 사용에 대한 숙고 없이 사용하고, 그 개념이 어떤 문제를 정확하게 바라보고 표현하는 데 도움이 되지 못한 채 오히려 우리를 선입견과 편견에 빠지게 한다는 뜻이다. 부정적으로 사용된다는 것은 그 개념이 우리 사회에서 타자를 공격하는 데 사용되면서 논쟁의 합리적인 해결에 걸림돌이 된다는 뜻이다. 양비론이나 흑백 논리 등은 우리가 문제삼는 사건·사실 자체에 관한 것이 아니라, 그 사건을 바라보는 우리의 태도에 관한 것이다. 그래서 양비론이나 흑백 논리라는 말을 잘못 사용하면 언어의 노예가 되고, 나아가 남을 공격하는 데 사용되므로 언어 폭력이 되며, 궁극적으로 우리 사회의 불필

'경계인' 송두율 교수의 구속 모습.

요한 갈등을 일으키게 된다.

얼마 전 재독(在獨) 학자인 송두율 교수가 몇 십 년 만에 귀국하여 재독 민주 인사인지 재독 간첩인지에 대한 뜨거운 논란이 일고 있다. 그는 자신을 한마디로 '경계인'이라고 불렀다. 무엇을 선택한다는 것은 무엇을 포기한다는 말이다. 좌도 우도 선택할 수 없는, 남한 사람도 북한 사람도 동포임을 결코 포기할 수 없는 경계인. '양비론'이라는 말은 아직도 우리에게 선택을 강요하는 극단적인 이데올로기가 낳은 허구다.

 〉〉 8 · · · 왕 따

"차이는 인정하고 차별은 극복한다"

작년 한국 영화계는 국제적
인 상을 받은 영화들을 필두
로 수준 높은 영화를 많이
내놓았다. 그 중 주목할 만
한 영화 하나가 「집으로」다.
「집으로」는 할리우드 식 영
화들과는 달리 유명 배우
한 명 없이 일반인들을
출연시키고도 우리다움
을 보여준 영화다. 이 영화는 도시의 어린 손자와 시골의
늙은 외할머니 사이의 갈등과 사랑을 소재로 우리의 과거
시골과 현재 도시의 화해를 주제로 삼고 있다.
특히 손자와 할머니의 첫 만남에서 손자가 처음 던진

"병신~"이라는 대사는 도시 어린이들의 삶과 태도를 압축적으로 보여준다. 그것은 자기와 다른 자에 대한 조롱과 따돌림이다.

최근 우리 청소년 사회의 대표적인 문제 세 개를 손에 꼽는다면 '왕따'와 '학교 폭력', '청소년 성 매매'가 될 것이다. 그 중 '학교 폭력'과 자매지간인 '왕따'는 '집단 따돌림'을 뜻하는 것으로, 10여 년 전 일본에서 유행한 '이지메'가 국내에 소개된 뒤 몇 년 되지 않아 우리 청소년 사회에서도 일반화되자 생겨난 속어적 번역어다.

청소년 문제에 대한 연구 결과에 의하면 중학생의 62%가 집단 따돌림의 경험이 있었다고 하고, 왕따 피해를 본 학생들 중 49%가 자살 충동을 경험한 바가 있다고 하니 심각한 문제가 아닐 수 없다. 그래서 정부에서는 '학교 폭력 중재위원회 설치 및 교육 치유에 관한 특별 법안'을 내놓았다. 어린이와 청소년은 '모든 형태의 신체적 정신적 폭력'으로부터 보호받을 권리가 있다는 것이 유엔 아동 권리 협약이니, 이 같은 정부의 대책은 당연한 일이다.

왕따 현상의 원인을 분석하기 위해 먼저 우리 교육 현장을 살펴보자. 우리의 학교 교육은 인성 교육과는 상관없이 성적이 높은 학생이 모범생이라는 입시 위주의 교육으로 이루어져 있다. 그래서 학생들간에도 '붕우유신(朋友有信)'·공동체 의식·타자에 대한 배려 등은 결여된 채 경쟁 관계, 대립 관계 그리고 배타적 관계로서의 교우 관계가 팽

우리와 달라서는 안 돼!!! 왜?

배해 있다. 사실 '왕따'라는 말도 현실을 제대로 표현하는
말이 못 된다. 왕따에는 집단 따돌림뿐만 아니라 그보다 훨
씬 더 심각한 집단 조직적 괴롭힘, 집단 조직적 폭력이 주
류를 이루고 있기 때문이다.

　또한 왕따의 원인을 학교 내부, 청소년 집단 내부에서
만 찾으려고 한다면 이는 움직이는 당구알을 분해해서 당
구 큐를 찾으려는 것과 같다. 청소년 사회 문제란 우리 사
회 문제의 거울이다. 한때 어느 지역 출신들은 우리나라를
대표하는 한 대기업에 입사조차 하지 못할 정도로 국가적
집단 따돌림을 당하였고, 아직도 우리 사회에서는 장애

인·외국인 노동자·비정규직 노동자 등 집단 따돌림을 당하고 있는 약자가 수없이 많다. 그래서 왕따가 마치 청소년들만의 문제인 것으로 생각한다면 '본인은 옆으로 가면서 자식보고 똑바로 가라'고 하는 게나 다름없다.

우리 사회에 만연된 '왕따' 현상은 '타자를 어떻게 대할 것인가?'에 대해 반성의 계기를 준다. 공자는 두 사람 사이에 있어야 할 덕목으로 '인(仁)'을 말하였는데, 인은 곧 사랑[愛]과 근취비(近取譬) 등을 뜻한다. '근취비'란 남을 나처럼 여기는 것이다. 이를 발전시켜 맹자(孟子)는 약자에 대해 불쌍한 마음, 곧 '측은지심(惻隱之心)'이 없는 자는 사람이 아니라고 했다. M. 쉘러 역시 "죽음에 대한 불안감을 체험하지 않고서도 물에 빠진 사람의 죽음에 대한 불안감을 잘 이해할 수 있다"고 확신한다. J. 라크르와는 타자가 나에게 무엇인지, 그래서 어떻게 대해야 하는지에 대해 다음과 같이 말한다. "서로가 타자에 의한 자기가 되기를 희망하기 때문에 서로 사랑한다."

우리 사회의 왕따 현상은 우리 사회의 획일주의에서 비롯되었다. 획일주의는 우리와 다른 자를 내버려두지 않겠다는 폭력적 사고에서 비롯된다. 자기다움과 다양성 속에서 유행이 창조되는 줄은 모른 채 유행을 따라가려고만 하고, 어느 식장에서 넥타이 복장이 아니면 결례라고, 교단에서 청바지를 입고 수업을 하면 결례라고 비난한다.

몇 년 전 교수 재임용에서 탈락하여 개인적으로 심한

고통을 겪고 있는 전(?) 연세대 마광수 교수는 교수로서의
품위를 묻자 "나 같은 사람 한 명쯤 있는 걸 내버려두지
못합니까?"라고 반문하였다고 한다. 그리고 그를 아끼는
한 사람은 "차이를 용납하지 않는 한국 사회가 마 교수를
망가뜨렸다"고 안타까워했다. 최근 한 광고에서 '차이는 인
정하고 차별은 극복한다'는 말과 함께 젊은이의 상큼한 웃
음에서, 구세대의 획일주의를 극복할 우리 미래의 청년상
을 어렴풋이 본다.

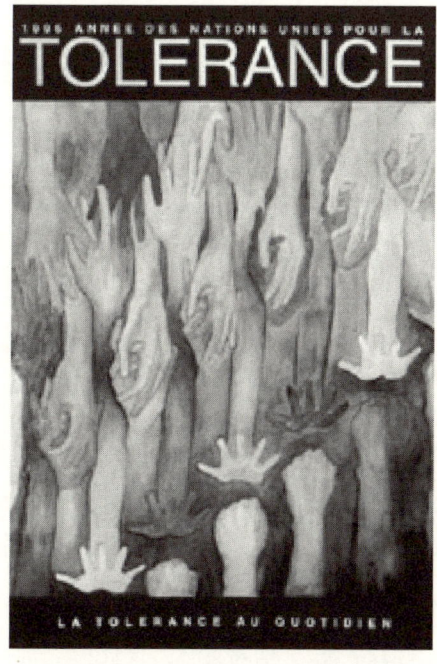

'다른 것'이 '틀린 것'을 의미하지는 않는다.

"거짓말은 사회 불안의 근본 요소다"

　　대통령이 된 지 한 달도 되지 않아 노 대통령은 '오보 (誤報)와의 전쟁'을 선언했다. 오보, 특히 악의적인 왜곡(歪 曲) 보도가 국민들 사이에 불필요한 갈등을 일으키는 중대 한 원인이라고 보았기 때문이다. 사실 얼마 전 노 대통령이 평검사들과의 토론을 생방송으로 중계하기를 원한 것도 오해의 소지가 있는 '밀실 인사', '점령군', '집단이기주의' 등의 간접 보도를 피하고 국민들이 진실을 직시하기를 원 했기 때문이다. 오보란 진실이 아닌 보도, 즉 거짓 보도다.

　　며칠 있으면 '만우절'이다. 비록 공식적으로 인정된 날 은 아니지만, 만우절이 있다는 사실은 인간에게 진실의 의 무가 얼마나 부담되는지 단적으로 드러낸다. 거짓말은 인 간 사회에 수없이 많은 문제를 야기한다. 호메로스가 "죄악 에는 허다한 도구가 있지만 공통적으로 적용되는 것은 거짓말이다"라고 한 것처럼 말이다. 거짓말을 가장 부정적으로 본 철학자는 칸트다. 그는 거짓말을 "인간을 도덕적 존재로 파악한다면, 자기 자신에게 대한 인간적 의무의 가장 큰 훼손"이라고 보았다. 하지만 페르시안 속담에 '좋은 것을 실현하는 거짓말은 불행을 가져다주는 진실보다 낫다'는 말이 있지 않은가?

거짓말은 특히 우리 사회를 어둡게 하고 있다. 정치판의 흑색 선전·음모설·지역 감정 조장·무책임한 공약 남발·조작적인 판세 전망·선거 비용 줄여 신고하기 등만이 아니다. 2003년 들어 국내 경제 위기를 불러일으킨 SK의 분식 회계도 거짓말의 하나요, 특별 검사 제도가 도입된 이유도 검찰이 거짓말을 하기 때문이고, 한 신문사에 대한 안티 운동도 그 신문사를 거짓말쟁이로 보기 때문이다. 일반인을 유혹하는 증권 시장에 대한 희망적인 보도, 돈 받고 광고성 기사를 내는 영화·출판물 보도, 출판사의 사재기를 통한 베스트셀러 만들기, 이미 내정자를 두고 공개 채용 형식을 빌린 대학 교수 임용, 병원들의 의료 보험 수가 조작, 표절 시비, 스포츠계의 할리우드 액션 등 이루 열거할 수 없을 정도로 많은 문제가 거짓말에 뿌리박고 있다. 얼마나 거짓말을 많이 하면 게임에서나마 진실을 말해야 하는 '진실 게임'이라는 것이 생겼으며, 또 얼마나 사람들이 다른 사람의 말을 믿지 않으면 '양심 선언'이라는 것이 생겼을까? 심지어 불법 선거 자금을 받았다고 양심 선

한국민의 분노를 자아낸 미국 '오노' 선수의 할리우드 액션.

언을 한 김근태 의원은 검찰의 조사를 받았지만, 그보다 더 많은 자금을 받고도 안 받았다고 거짓말을 하는 다른 의원들은 모두들 큰소리치며 살아가는 사회가 우리 사회다.

우리 사회가 왜 거짓말에 물들어 있는가 그 원인을 파악하기 위해 '동물도 거짓말을 하는가?'라는 물음을 던져보자. 만일 인간만이 거짓말을 한다면 거짓말은 결핍된 이성, 도덕적 이성의 문제다. 하지만 동물들이 거짓말을 한다면 두 가지 결론이 가능하다. 그 하나는 동물도 비록 덜 발달된 것이기는 하지만 이성과 의식을 가지고 있다는 결론이다. 다른 하나는 거짓말의 근원은 인간의 특성을 말하는 이성에 있는 것이 아니라 생존·존립·종족 보존에 있다는 결론이다. 동물도 거짓말을 한다. 인간들만큼 교묘한 거짓

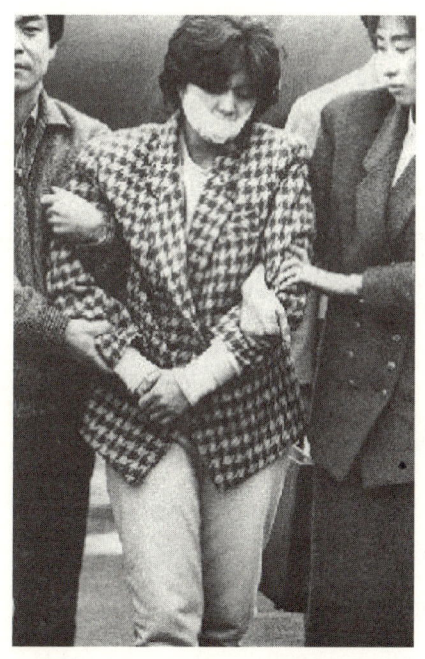
끊임없는 의혹이 제기되고 있는 대한항공 폭발 사고
의 김현희.

말은 아니라도 말이다. 그리고 인간은 동물과는 달리 생존
만 추구하는 단순한 동물이 아니다. 부·명예·사회적 지
위·사랑 등 인간이 추구하는 가치는 동물이 추구하는 가
치에 비해 수없이 많다. 그래서 인간 사회에서 거짓말의 현
상은 동물 사회보다 더 복잡하고 다양하다. 그리고 인간은
이러한 가치를 실현하는 데 필요하다면 얼마든지 더 교활
해질 수 있는 발달된 이성을 갖고 있다. 우리 사회가 거짓
말에 물들어 있는 이유는 한마디로 우리가 진실보다 더 중

요시하는 가치가 있기 때문이다. 그것은 물론 물질이나 돈 그리고 사적 관계다.

거짓말이나 기만이 많은 우리 사회에서 신뢰를 기반으로 하는 사회로, 진실한 사람이 인정받는 사회로 변화하기 위해 우리는 무엇을 해야 하나? 교사가 촌지를 받으면서 거짓말이 나쁜 것이라고 도덕 교육에 역점을 두거나, 성직자가 비싼 차를 타면서 종교계에서 도덕 운동을 펼치는 것이 묘책이 아니다. 우리는 우선 우리 자신을, 우리의 역사·문화·사회를 진솔하게 되돌아봐야 한다. 물질이 아니라 인간이 존중받는 사회, 능력이 아니라 인품이 존경받는 사회가 되지 않고서도 우리 사회의 '거짓말 병'이 치유될 수 있다고 믿는다면 그것도 자기 기만이다. 그리고 동물도 거짓말을 한다는 사실은 우리 사회의 이성·합리성의 문제만 아니라 인간 삶의 문제를 함께 고찰해야 거짓말 문제가 해결될 수 있음을 역설한다. '모 아니면 도', '죽기 아니면 살기'의 사회에서는 '죽기 아니면 거짓말·기만하기'가 유지될 수밖에 없다. 참말을 해도, 참말을 해서 손해를 봐도 기본적인 삶이 유지될 수 있는 사회 복지 제도가 뒷받침되지 않는 한, 우리 사회의 '거짓말 병'은 결코 치유될 수 없다는 말이다.

양파를 사용하기 위해선 눈물이 필요하다.

dlld 10···야 만

"야만과 문명은 멀리 떨어져 있지 않다"

많은 사람들은 현재를 '야만의 시대'라고 부른다. 미국이 몇몇 국가를 부추기고 윽박질러 30여지지 국가를 만든 뒤, 대량 학살 무기를 갖고 있다는 이라크에 대해 최첨단 병기를 자랑하며 마치 컴퓨터 게임을 하듯 '충격과 공포' 등의 작전명을 달고 전쟁을 감행한 후부터다. 지난 100년 동안의 전쟁을 통해 무려 1억 명의 사람이 희생되었지만, 그때와 비교할 수 없을 정도로 첨단 과학화된 무기를 가지고 21세기를 다시 전쟁으로 시작하고 있다. 그리고 우리 국민들도 '파병(派兵)'이냐 '반전(反戰)'이냐 하는 문제로 서로 갈리어 갈등을 겪고 있다.

사람들은 흔히 '야만'을 '문명'의 반대말로 이해하고 있다. 그렇다면 가장 발달된 과학 기술 문명의 이기(利己)를 즐기고 있는 미국 등의 선진국은 문명국이라 하고, 이와 거

리가 먼 아프리카나 티베트 등은 야만국이라고 해야 할 것
이다. 영화 「티베트에서 7년」은 티베트 사람들이 건물을
하나 지을 때도 그 땅 속에 사는 벌레 하나하나를 다른 곳
으로 옮겨준 뒤 건축하는 것을 통해 불교의 생명 사상을
단적으로 보여준다. 티베트가 야만국이라면, 달라이라마가
문명국의 대표적인 상인 노벨평화상을 받은 것을 두고 어
떻게 설명할 것인가?

　‘야만인’이라는 말은 스스로 문명인이라고 생각하는 사
람들이 자신과 다른 사람들을 냉소적으로 부를 때 사용하는
말일 뿐이다. 예전에 중국인이 우리를 ‘동이(東夷)’라고 부른
것처럼, 로마인은 게르만족을 ‘야만인’이라고 불렀는데, 현재
독일 바이에른주의 어원이 바로 ‘야만(barbarus)’이다. 오히

려 헵벨은 "문화 이전의 야만과 문화 이후의 야만에 얼마나 큰 차이가 있는가!"라고 말하며 과학 문명의 발전 이후의 야만을 더 경고했다. 발달된 과학의 이기를 누리는 인간이 이성을 잃으면 동물이 되는 것이 아니라 첨단 무기를 지닌 광기의 인간이 될 뿐이다.

그러면 진정한 의미의 야만은 어떤 특징을 갖고 있는가? 야만의 특징은 첫째 힘의 논리라는 획일주의다. 문화와 문명의 다양성을 모른 채 '나는 선하고 나와 다른 자는 악하며 힘에 의해 제거되어야 한다'는 논리다. 야만적인 힘의 논리에 대해 헤르더는 "야만인은 지배하고 교양인은 교육한다"고 하였고, 괴트 역시 "야만인은 이기려고 하고 문명인은 잃어버리지 않기를 원한다"고 하였다. 전쟁을 통해 다른 국가를 지배하려 하면 야만인이요, 전쟁을 통해 잃어버릴 생명과 인간성 그리고 문화적 가치를 염려하며 대화를 통해 서로 이해하려고 노력한다면 문화인이라는 것이다. 전쟁이 야만의 대명사임을 안더스는 "(진격의) 나팔소리가 가장 야만적이다"라고 압축적으로 말한다. 힘의 논리는 기존 질서와 평화의 약속을 파괴하는 것을 두려워하지 않는다. 그래서 유엔의 동의 없이도 전쟁을 일으키고 또한 두려워할 것도 없다. 강자를 따르면 이익을 보고, 그렇지 않으면 손해를 본다는 생각에 '국익을 위해' 파병하는 약소국들도 야만국에 기생하는 또 다른 야만국이다. 반전의 목소리를 내는 국가가 몇 되지 않았던 지난 1월, 독일의 수상

슈뢰더가 "친구를 가진 전쟁보다 친구 없는 평화를 선택하
겠다"고 한 말은 우리가 세계 평화 그리고 한반도의 평화
를 위해 무엇을 해야 할지 깊이 생각하게 한다.

　둘째, 야만의 특징은 야비함과 기만성이다. 동물들의
싸움에서 야만적인 것을 발견하기가 쉽지 않는 것도 동물
의 세계에서는 야비함과 기만성을 보기 힘들기 때문이다.
수천만 명의 희생자를 냈던 제2차 세계대전의 히틀러와 나

우리에게 도움을 주는 핵발전소.

핵폭발. 문명과 야만의 차이는 핵 버튼을 누르느냐 마느냐가 아닐까?

치는 '권리와 문명의 전사', 미국의 대(對)이라크 전쟁은 '이라크의 자유'라는 위선에서 각각 출발한다. 세계의 다른 모든 국가들의 무기를 합친 것보다 더 많은 무기를 가진 미국이 이라크가 대량 학살 무기를 가지고 있다고 626억 달러의 무기를 쏟아붓는다. 포화 속의 어린이들의 죽음은 정의를 수호하기 위한 불가피한 희생이고, 오히려 민간인을 인간 방패로 사용하는 이라크에 책임이 있다고 주장한다.

셋째, 야만은 감정적이며 증오에 가득 차 있다. 얼마 전 한국을 방문한 틱낫한 스님은 '화'를 다스리는 것이 세계 평화를 지키는 근본이라며 반전 시위에서도 시민들과 함께 보행의 명상을 하였다. 전쟁은 결국 인간이 하는 것이고, 인간이 전쟁을 하는 이유는 자신의 마음속 화를 제대로 다스리지 못하기 때문이라고 보았던 것이다. 나는 나와 다른 사람들에게 나의 화를 마음대로 표출한 적은 없는지 되돌아보지 않는 한, 나의 증오를 다스리지 않는 한, 내가 큰 힘을 가졌을 때 나 역시 야만의 주인공이 될 수 있다는 말이다.

"어린이에게 무료 승차권을 발부하라!"

    며칠 있으면 365일 중 어린이들에게 가장 즐거운 '어린이날'이다. 이 날만은 우리 어린이들이 무거운 가방에서 벗어나 자연과 벗하며 마음껏 뛰어놀았으면 좋겠다는 게 모든 어른들의 바람이리라. 해마다 하는 말이지만, 매일매일 '어린이날'이었으면 좋겠다. 어린이를 보는 시각에는 극단적으로 대립된 두 가지가 있다. 그 하나는 어린이를 불완전한 인간으로 보고 어린이는 교육을 받아야만 완전한 인간이 된다는 견해다. 예를 들면 칸트는 "어린이는 놀고 휴식 시간을 가져야 하지만 노동하는 것도 배워야 한다"고 한다. 성악설(性惡說)을 주장한 순자(荀子) 역시 어린이는 교육을 통해서만 선(善)을 배울 수 있다는 교육론을 펼친다.

    다른 하나는 어린이를 선함의 극치로 보는 시각이다. '어린이의 마음은 부처의 마음이다'라는 중국 속담이나,

"어린이 교육의 근본 문제는 어린이들이 우리처럼 되는 것을 막는 일이다"라는 렘벡의 거침없는 말은 바로 이러한 견해를 기초로 한다.

　우리나라 사람들만큼 자기 자식을 위해 희생하는 부모들도 없다. 하지만 그러한 사랑과 희생에 비해 어린이들의 행복 지수를 따지면 어떠할까? 우리 어린이들이 외국의 어린이들보다 행복하지 못하다는 것은 우리나라처럼 초·중등생들이 외국으로 유학을 가는 나라가 없다는 사실이 증명한다. 자식에 대한 무한한 사랑에도 불구하고 아이들이 행복을 느끼지 못하는 이유는 첫째로 자기 자식만 사랑할

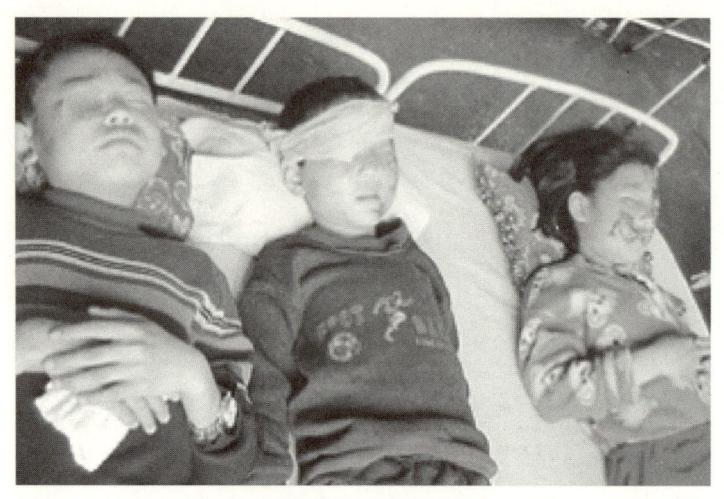
'룡천역 폭발 사고'로 다친 북한 어린이들.

뿐, 자식에게 가장 많은 영향을 미치는 다른 아이들에게,
어린이들의 삶의 환경에 대해 관심이 없기 때문이다. '내
자식만 잘 되면 된다'는 생각이 자기 자식을 불행하게 만든
다. 이에 대해 루소는 "어른들은 어린이를 전혀 알지 못한
다. 어린이에 대한 생각이 잘못되었기에 나아가면 갈수록
점점 정도를 벗어나게 된다"고 통렬하게 비판하였다. 둘째
로 부모가 자식의 삶에 너무 많은 개입을 하고 있기 때문이
다. 우리 부모들이 가장 많이 하는 말이 "다 너 잘 되라고
그러는 거야"라고 하지 않는가. 우리나라 어린이 교육은
'어린이를 위한 교육'이 아니라 '어른을 위한 어린이 교육'
이다. 이에 대해 루소는 "어린이는 어린이여야만 한다"고
하고, 나일은 "어린이의 유일한 목표는 자기 자신의 삶을

사는 것이다"라고 맞대응한다.

　우리가 자식에 대한 사랑만큼 진정 어린이들을 존엄스럽게 대하는가? 가정 속의 폭력, 학교 속의 폭력은 차치하자. 1999년에 일어난 이랜드 어린이 화재 사고에서 자식을 잃은 부모가, 한국이라는 나라에 진절머리를 치며 한국 국적을 버리고 이민을 가겠다고 해도 별 개선이 없어, 이번엔 축구부 어린이들이 다시 화재 사고로 참변을 당했다. 다 어른들의 어리석음 때문이다. 사실 우리나라 어린이만큼 공부라는 노동에, 어린이다움과는 무관한 채 오직 좋은 대학 입학이라는 목적의 수단에 불과한 학습 노동에 시달리는 어린이도 없다. 공중 화장실에 어린이들을 위한 소·대변기와 세면기는 없다. 전철의 손잡이와 의자는 모두 어른을 위해 만들어져 있고, 심지어 초등학교 앞 건널목의 신호등

마저 어른들의 발걸음에 맞춰져 있다. 어린이들을 위한 유치원, 학원 버스는 노란색으로 표시하는 것만으로 안전이 보장되지 않는다. 어린이 차량은 어린이에게 맞는 의자와 안전 벨트를 구비해야 한다.

　이제 한 가지를 제안한다. 전철을 탈 때 일반인들은 표를 사서 개찰구를 통과하고, 노인들은 매표소에서 승차권을 무료로 받아 들어간다. 하지만 우리 어린이들은 무료로 승차하되 표가 없어 개찰구 저지 막대 밑으로 기어 들어가야 한다. 더구나 단체로 인솔되는 어린이들의 경우 마치 파도타기 응원이나 하듯 줄줄이 개찰구 밑을 기어서 빠져나가야 하는 웃지 못할 광경이 벌어진다. 어린이들이 버스나 지하철을 무료로 타는 것은 미래의 주인공으로서 갖는 당연한 권리이기에, 어린이들이 개찰구 밑을 기어나오게 하는 현재의 방식은 개선되어야 한다. 필자는 예쁜 지하철 표를 만들어 어린이들에게 무료로 발부하기를 요청한다! 아이들도 어른들처럼 전철을 당당하게 이용할 수 있게 하는 것은 그들의 권리를 지켜주는 것뿐만 아니라 그들에게 올곧은 민주 시민 의식을 키워주는 것이다. 부디 이번 어린이날을 기념하여, 어린이가 전철을 탈 때 어린이 승차권을 받아 가슴을 활짝 펴고 콧날을 하늘로 향해 개찰구를 당차게 드나듦으로써 스스로의 존엄성을 올곧게 세울 수 있는 계기가 마련되었으면 좋겠다.

　그리고 이번 어린이날은 우리 어린이들이 자연의 푸름

속에서 어른들과 즐겁게 뛰어노는 날만 아니라, 미국의 대
이라크 전쟁에서 참변을 당하고 고통에 시름하는 이라크
어린이들을 우리 어른과 어린이가 함께 생각하고 위로할
수 있는 날이 되었으면 좋겠다.

click 12 · · · 몸
"외모가 아닌 삶으로 평가받는 사회 구현"

　얼마 전 성형 수술을 받은 두 젊은 여자가 수술이 마음에 들지 않는다고 스스로 목숨을 끊은 일이 발생하였다. 자신의 외모가 마음에 들지 않는다고, 자신이 원하는 외모를 갖는 것에 실패했다고 자신의 삶 자체를, 자신 자체를 포기한 사건이다. 이처럼 요즈음 들어 특히 여성에게 외모는 그 자신의 전부라고 해도 과언이 아닐 정도로 관심의 대상이 되었다.

　예전에 외모를 가꾼다는 것은 몸을 꾸미고 칠하고 입히는 수준이었지만, 요즈음은 몸 자체를 바꾸고 줄이는 의학이 발달해, 미스 코리아 선발 대회 지원자들 중 성형 수술을 받지 않은 사람을 찾아보기 쉽지 않을 정도라고 한다. 식문화가 바뀌기 시작한 뒤, 그리고 나이가 들면서 불어나는 몸을 걱정하여, 식사 양을 줄이고 규칙적으로 운동을 하

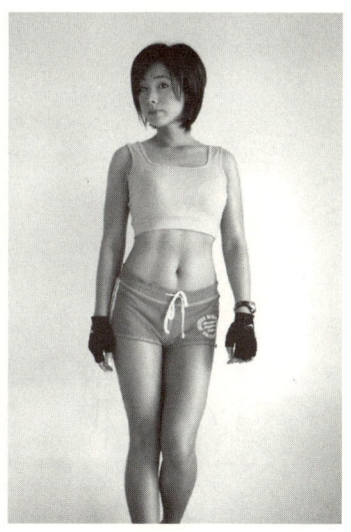

이 시대의 '몸짱'

여 몸매를 관리하는 풍조는 결코 부정적인 일이 아니다. 문제는 우리 사회가 가지고 있는 몸에 대한 무리한 기준, 집착적인 관심이다. 광기 서린 외모지상주의, 물신주의가 문제라는 말이다. 여성 잡지 광고의 대부분이 다이어트·성형·화장 등 외모에 대한 광고라는 사실이 이를 증명한다. 이러한 병적인 경향에 책임을 묻는다면 결코 남성들이 자유롭지 못하다. 여성을 인격이 아니라 몸으로만 본 것이 바로 남성이기 때문이다.

몸은 인간에게 과연 무엇인가? 외모를 가꾸는 것, 몸에 대한 관심 자체는 남녀 노소 누구에게나 자연스러운 일이

신체는 불만족, 그러나 만생은 대만족

오체 불만족

五體不滿足

오토다케 히로타다 지음 / 전경빈 옮김

상실의 시대를 헤쳐나갈 사람들에게
희망과 용기를 주는 감동의 메시지!
이제 그를 통해 우리 자신의 삶을 되돌아본다!

2001년 초등학교 4학년 1학기 「생활의 길잡이」 30~33쪽

창해

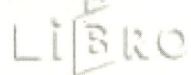

다. 인간은 미적 동물이고 인간의 몸을 최고의 미적 대상으
로 보는 것도 잘못된 일이라 할 수 없다. 사실 자신의 몸에

76 현실은 언제나 철학적이다

대한 인간의 관심은 일찍부터 있어왔다. 오히려 이에 대한 철학적 시각이 대개 부정적이었다는 게 착각과 기만의 역사라고 비판받을 만하다. 고전적인 철학자들, 예를 들면 아리스토텔레스는 "영혼은 살아 있는 몸의 원인이자 원칙이다"라고 말했을 정도로 언제나 영혼·정신·마음을 중시해왔다. 동물과 인간을 구별할 수 있는 인간만의 특성인 이성과 반대편에 서 있는 것으로서 '몸'을 동물적 본능, 욕망의 원천으로 본 것이다. "몸은 정신이 없이는 존립할 수 없지만, 정신은 몸을 필요로 하지 않는다"라고 말한 에라스무스는 몸을 인간에게 없어도 되는 의복 정도로 생각했던 것이다.

몸을 긍정적으로 본 대표적인 철학자는 루소다. 그는 "허약한 몸은 정신을 허약하게 만든다"고 말하며 "영혼을 위해서는 무엇보다도 몸으로 운동하는 것이 필요하다"고 하여 몸에 대한 영혼의 의존성을 비로소 강조하였다.

몸에 대한 사람들의 이해는 장례 문화에서도 잘 드러난다. 몸을 중시하는 문화에서는 매장·미라 등에서 볼 수 있듯, 사후에도 몸을 생전과 같이 고이 보존하려고 노력하였다. 화장(火葬) 문화가 자리잡고 있는 불교권에서는 오히려 사후에 빨리 몸이 이승에서 사라져버려야 영혼이 자유로울 수 있다고 보았다. 이에 비해 풍장(風葬)·조장(鳥葬)·수장(水葬) 등에서는 인간의 몸을 자연의 일부로 보고, 자연에서 얻은 몸을 사후에 다시 자연으로 되돌려줘야

몸은 늙지만 삶은 남는다.

한다는 사상을 읽을 수 있다.

　마음대로 성형을 할 수 없었던 예전, 우리는 나이가 들면 자신의 얼굴에 책임을 져야 한다는 말을 종종 들었다. 삶에서 조그마한 일에도 웃는 사람과 짜증내는 사람은 결국 그 방식대로 얼굴에 주름이 깊게 자리잡혀, 살아온 삶의 태도를 그대로 드러낸다는 것이다. 하지만 예전에도 상대방을 평가할 때 일반인들은 그 사람의 얼굴 표정보다는 그 사람이 입고 있는 옷과 장식품을 기준으로 삼았나보다. 그래서 일찍이 『성경』에서는 '외모로써 사람들은 다른 사람을 파악하지만, 지혜로운 자는 그 사람의 얼굴 표정으로써 파악한다'고 경고하였다.

한 인간의 정체성을 어떻게 규정할 수 있는가? 몸이 한 사람의 정체성의 핵심이라면 장기 이식을 한 사람, 다른 사람의 피를 수혈한 사람을 어떻게 이해해야 하는가? 장애인을 부정적으로 보는 그릇된 시각 역시 바로 몸을 중심으로 한 인간 규정에서 출발한다. 법에서나 철학에서는 한 사람의 정체성을 규정하는 핵심으로 '인격(人格)'을 내세운다. 하지만 인격은 결코 변하지 않는 결정체가 아니다. M. 무니에는 인격을 "인격화라는 자신의 활동 속에서 자신을 파악하고 자신을 인식하는 자율적인 창조·교류·참여 등을 체험하는 능동적인 활동이다"라고 하였다. 어떻게 생겼느냐가 아니라 어떻게 살고 있느냐가 바로 그 사람을 규정한다는 말이다. 몸으로써, 학벌·재산으로써 대접받는 인간 사회가 아니라 삶으로써 대접받는 인간 사회가 우리가 만들어야 할 사회다.

click 13···일

"실업은 가장 중요한 사회·정치적 도전"

　　요즈음 경기 하강과 함께 취업난이 심각하다. 국내 주요 기업 53개를 조사해본 결과 올해 평균 취업 경쟁률이, 83 대 1이나 된다고 한다. 그 중 작년에도 높은 경쟁률을 보였던 '주식회사 빙그레'는 무려 400 대 1을 기록하였다. 더구나 최근 종업원 100명 이상의 기업 1327개를 대상으로 올해 신규 채용을 조사한 결과 10개 회사 중 4개 회사만 채용 계획이 있다고 하니 취업난은 더욱 심각해질 수밖에 없다. 이러한 취업난의 심각성을 인식하고 각 대학들은 '학문·진리의 전당'이라는 높은 이념을 벗어나 '취업센터' 등을 설치해서 취업 면접, 이력서 쓰기 등을 학점과 결부해서 가르치고 있는 실정이다.

　　문제는 취업난이 심각한 나머지 대학이 점점 '취업준비소'로 전락하고 있다는 점이다. 필자의 제자들 중 몇몇 대학 2학년생은 벌써 9급 공무원 시험을 준비한다고 한다. 그 말을 듣고 허세부리지 않는다는 점에서 기특하다는 생각도 들었지만, 다른 한편으로는 한창 문학과 예술과 사랑에 깊이 빠져도 될 20세의 여대생에게 미래가 너무 무겁게만 놓여 있는 것 같아 교편을 잡고 있는 한 사람으로서 가슴이 무척 아팠다.

또한 취업난뿐만 아니라 취업 후 직장 생활 기간이 점점 짧아지고 있다는 것도 문제다. '45세면 정년'이라는 우리 사회의 현실을 '사오정'이라는 말이 우스꽝스럽게 대변하고 있지 않는가. 그래서 고등학생들은 평생 직장을 보장받을 수 있는 의과대학, 교육대학을 선호하고, 서울대학생 10%가 고시 준비중이라고 한다. 그리고 이러한 실업 문제가 결코 몇몇 사람의 문제가 아니라는 사실은 대중들과 호흡을 가장 잘 맞추는 텔레비전 드라마 중 하나가 「백수 탈출」이라는 데에서도 드러난다. 그래서 급기야 신용불량자가 300만 명에 육박하게 되었다.

놀라운 것은 이처럼 취업난이 심각한데도 정부 통계상의 실업률은 오히려 떨어지는 것으로 나타나고 있다는 점이다. 실업난에 대한 정확한 실태 조사 없이는 적절한 대책을 기대하기 힘들다는 것은 말할 필요도 없다. 정부 통계를 보면 현재 전체 실업률은 3.3%이고 청년 실업률은 7.3%다. 현실과 유리된 정부 통계를 보면, 실업 실태 조사에 대해 정부가 책임감이 결여되어 숫자로만 국민들에게 안정감을

취업설명회에 모인 인파.

주려는 것은 아닌지, 또는 고용 통계 방식에 허점이 많은 것은 아닌지 의문이 든다. 현재의 통계 지침을 보면, 실업자란 조사 대상 기간에 수입 있는 일을 하지 않았고, 적극적으로 구직 활동을 하며, 일이 주어지면 즉시 일을 할 수 있는 사람만을 지칭하고 있다. 즉, 현재 짧은 시간 동안 아르바이트를 하는 사람은 여기에서 제외될 뿐더러 낮은 임금·비정규직·전문성 등을 불문하고 어떤 일이든 일을 하려는 사람만을 실업자라고 하니, 정부의 눈에는 비실업자이지만 우리 눈에는 실업자인 사람이 많은 것이다.

우리 인간에게 일이란 무엇인가? "인간은 일을 해야 하는 유일한 동물이다"라는 칸트의 말은 바로 'homo faber', 즉 인간을 '도구적 인간'으로 규정한다. 훔볼트는 "일은 인간에게 음식과 수면만큼 필요한 것이다"라고 했고, 포드는 "일은 우리에게 양식 이상을 준다. 일은 바로 삶을 선사한다"고 했으며, 프랑스 속담에는 '손이 한가하면 마음이 미친다'는 말이 있다. 철학적으로 보면 일은 인간의 삶과 분리될 수 없는 것이요, 법학적으로 보면 취업이란 인간의 기본권에 해당한다는 것이다. 또한 톨스토이는 "삶의 유일한 수단은 일이다. 일을 할 수 있기 위해서는 일을 사랑해야 한다. 일을 사랑할 수 있기 위해서는 일에 흥미를 가져야 한다"고 했다. 쉽고 편한 일만 하려는 일부 국민들도 문제지만, 일할 거리를 마련하지 못하는 정부는 더 큰 문제다.

그래서 실업 문제를 통일·환경과 함께 가장 중대한

문제로 보았던 독일의 전 수상 콜은 "실업은 경제적인 문제만이 아니다. 실업은 가장 중요한 사회·정치적 도전이다. 그리고 이것은 우리 모두에게 해당한다"고 말했다. 그리고 그는 경제인들 앞에서 "오늘의 투자가 내일의 일을 창출한다. 이는 아무리 강조해도 지나치지 않다"고 역설하며 다녔다. "일자리를 만드는 것은 사업가의 가장 명예로운 의무다"라는 안토니의 말은 지난 2년 사이 벤처 기업 3000개가 감소한 우리의 경제 사회를 되돌아보게 한다.

우리는 한때 직장에서 일이 너무 많아 가정에서 가장(家長)을 잃어버린 적이 있었다. 이제 직장이 없어 가장을 잃어버리는 가정이 많아지는 시대가 되는 것은 아닌지 정부가, 정치인이, 기업인이, 직장인이, 아니 우리 모두가 진지하게 걱정하고 대책을 마련해야 한다.

click 14 · · · 시 위
"잘못된 집단주의는 압력으로 나타난다"

요즈음 시위가 많아 월드컵 1년 만에 국민 통합이 무너졌다는 걱정스러운 목소리가 많다. 사실 우리는 민주주의의 여정에서 가슴 아픈 시위를 많이 경험했다. 예전엔 가두 시위·무장 시위·파업 시위·삭발 시위·단식 시위 등이 주류였지만, 요즈음은 촛불 시위·삼보일배 시위·1인 시위 등 시위도 참 다양해졌다. 예전과 요즈음 시위의 몇 가지 차이점을 살펴보자.

첫째, 예전엔 최루탄과 폭력을 수반한 시위가 많았지만 요즈음은 시위의 방식이 상당히 평화적이다. 작년 후반기 우리에게 많은 생각을 갖게 한 사건이 바로 촛불 시위다. 어린 여중생 두 명이 미군의 탱크에 의해 사망한 사건을 계기로, 평화를 기원하고 어른들이 자책감을 표하며 재발을 방지하기 위해 소파(SOFA) 개정을 촉구하는 촛불 시

위에는 젊은이만이 아니라 많은 어린이와 노인들도 참여하였고, 결코 부정적인 시위가 아니라 긍정적인 시위라는 의미에서 우리 사회의 시위 문화에 한 획을 그었다. 일부에서는 그 시위를 '반미 시위'라고 부정적으로 보았지만, 대다수의 참가자들은 사실 추모와 소파 개정을 위한 참여였다. 그 후 2003년 봄, 이라크 전쟁에 대한 파병이냐 반미·평화냐 하는 문제로 국내뿐만 아니라 전 세계에서 시위가 끊임없이 일어났다. 문제가 있는 곳에선, 의견이 다른 사람들이 있는 곳에서는 시위가 있기 마련이니 너무 걱정스러운 눈으로 볼 필요는 없다. 파울은 "수없이 많은 반대 의견을 만들어내는 사람들이 없는 민주주의는 생각할 수도 없다"고 하지 않았는가. 폭력적인 시위가 없다는 점에서 오히려 민주주의의 긍정적인 과정이라고 봐도 된다.

　둘째, 예전엔 못 가진 자들의 시위가 많았지만 요즈음
은 가진 자의 시위가 많다. 얼마 전에는 새만금에서 출발해
서 서울까지 종교인들이 종차(宗差)를 벗어나 '삼보일배
(三步一拜)'라는 고행과 참회를 동반한 생명 운동의 시위를
펼쳤다. 그런데 그 며칠 후, 시위하는 사람들이 있으면 그
들과 대화를 해야 할 전북도지사와 몇몇 도 지도자들이 삭
발을 하며 새만금 개발을 주장하는 시위를 펼치는 사건이
있었는데, 이런 일은 예전엔 보지 못할 일이었다. 또한 교
육행정시스템(NEIS) 등 교육의 문제에 대해 전교조가 반
대를 주장하며 연가 투쟁 시위를 하는 것은 예전에도 있었
지만, 교직자가 데모를 한다며 비난하던 전국교장협의회에
서 전교조를 비판하고 NEIS 찬성을 주장하며 시위를 벌인
일 또한 예전엔 보지 못할 일이다. 서울 일부 지역의 집 값

폭등을 막기 위해 정부에서 아파트 재개발 조건을 강화하는 정책을 발표하자, 일부 엄청난 아파트 값의 주민들은 집값을 올리기 위해서가 아니라 삶의 질을 향상하기 위해서라며 시위를 벌이고 있다. 하기야 도지사, 학교 교장들도 시위를 벌이는데 누군들 시위를 벌이지 못하겠는가. 이제 노무현 대통령만 시위를 하면 모두 다 시위를 하는 꼴이 되었다.

예나 지금이나 우리들의 시위 문화에서 발견할 수 있는 공통점도 있다. 그것은 너무 자기 주장이 강하다는 점이다. 다시 말해 다른 사람들의 의견은 무시한 채, 자신의 의견의 단점은 깊이 고려하지 않은 채, 나와 다른 의견을 가진 집단들을 너무 부정적으로 바라보고, 비록 나와 다를지라도 일리가 있는 견해에 대해 관용적인 태도를 취하지 않는다는 것이다. 그리고 시위가 의사 표현이라기보다는 힘의 과시, 일종의 압력 행사의 하나라는 점이다.

'시위'란 'demonstrare'라는 라틴어에서 온 말로 그 어원은 '보여주다·드러내다·표시하다·알리다'는 뜻이다. 그러니까 다른 사람들에게 자신의 견해를 제대로 알리기 쉽지 않은 시절, 자신의 의견을 확실히 알리는 기능의 역할을 한 것이 바로 시위다. 그러다 정치적 이해와 정치적 집단이 복잡해지면서 한 집단의 위력 과시와 압력이라는 요소가 시위에 포함되기 시작했다. 그 후 시위는 집단 의사의 표현뿐만 아니라 형성과 실현의 기능까지 가지게 되었다.

'삼보일배' 시위는 압력인가 참회인가?

　　하지만 견해의 자유, 표현의 자유를 보장하는 민주주
의는 다양한 집단들이 각각의 의사를 자유로이 개진하고
그들 사이의 합리적인 의사 결정을 지향하는 정치 형태다.
이러한 의미에서 마라직은 "민주주의란 토론이다"라고 말한다. 다시 말해 시위가 압력의 형태를 띠는 것은 결코 민주주의의 특성이 아니다. 이 점을 롬멜은 "모든 사람은 자신의 고유한 의견을 가질 권리를 가지고 있다. 하지만 다른 사람에게 자신의 의견을 요구할 권한은 없다"고 표현하였다. 자신의 시위에 대해 집단이기주의라는 수식어가 붙기를 원치 않는 사람이라면, 시위가 정당한 압력의 하나라는 생각에 대해, 자신의 목소리가 너무 큰 것은 아닌가에 대해 삼보일배를 한 종교인들의 시위 방식의 의미가 무엇인지에 대해 깊이 생각해봐야 한다.

click 15···명 품

"자신의 인품을 기르는 데 귀한 시간과 노력을 투자하자"

　얼마 전 한 여대생을 납치하여 잔인하게 살인한 사건이 일어나 우리에게 충격을 주었다. 그 납치범들은 납치 대상을 물색하면서 두 가지 기준을 세웠다고 한다. 하나는 잘사는 동네에 사는 사람, 다른 하나는 몸에 이른바 '명품'을 걸친 사람.

　언제부터인지 우리 사회에서, 특히 젊은이들 사이에서는 명품에 대한 선호도가 아주 높아 카드 빚이 많은 젊은이들은 거의 명품 구입 때문에 빚이 늘어난다고 한다. 물질만능주의가 극에 도달하면서 명품을 걸고, 입고 다니면 그 사람이 명인(名人)이 되는 것으로 생각하게 되었나보다.

　이와 같은 추세는 결코 상품 구입에만 해당되지 않는다. 대학 졸업식이 다가오면 필자는 씁쓸한 경험을 많이 한다. 졸업 사진을 찍기 위해 대학 곳곳에 몇 백만 원을 들여

화려한 옷·화장·명품 심지어 성형 수술까지 거친 판박이 미소의 학생들이 캠퍼스를 누비고 다닌다. 나아가 명품에 대한 시각의 차이가 세대간에 갈등을 일으키고 있다. 6·25전쟁이나 가난한 시절을 이겨온 세대들과는 달리 요즈음 젊은이들은 자신을 꾸미는 데 돈을 아끼지 않아 부모 자식 간에 큰 갈등을 겪는다고 한다. 필자는 얼마 전 몇몇 제자들에게 명품에 대해 어떻게 생각하는지 물어본 적이 있다. 그런데 놀랍게도 그들에게서도 명품에 대한 부정적인 시각을 찾기가 쉽지 않았다. 한마디로 자신의 호주머니 사정에 따라 살 수도 있다는 것이다.

문제는 '명품'이라는 기호다. 우리나라 언어에서 '명(名)'이라는 단어가 붙은 말은 단순히 이름이 알려져 있다는 것을 뜻하지 않는다. '명필(名筆)'은 이름 있는 글씨가 아니라 '썩 잘 쓴 글씨'를 말하고, '명언(名言)'은 이름난 말이 아니라 '이치에 맞게 썩 잘한 말'이고, '명의(名醫)'는 이름난 의사가 아니라 '병을 썩 잘 고치는 의사'를 말한다. 그런데 고가 상품에 대해 우리 문화에서 이처럼 긍정적인 뜻을 담은 '명'이라는 말을 붙임으로써 소비자들의 균형 감각 있는 의식을 마비시키고 있는 것이다. 이러한 현상에 대해 루터의 "좋은 작품은 이름이 없다"는 말을 우리가 깊이 되새겨보지 않는 한 우리가 잃어버린 우리 문화를 되찾을 길이 없다.

다른 나라에서는 우리가 말하는 유명 상품·고가 상

품·사치품에 대해 '명품'이라는 기호를 붙이지 않는다. 그렇다면 서양말에서 '명품'은 어떤 특징을 갖고 있을까? 독일어에서 명품이라는 말을 굳이 찾는다면 'Meisterwerk'가 될 것인데, 이것은 '명품'이라기보다는 '명작(名作)', 다시 말해 '명인이 만든 작품'이라고 번역하는 것이 적당할 것이다. 여기에서 '품(品)'이 결과물을 말한다면 '작(作)'은 그것을 만드는 과정을 강조한다. 작품에 혼을 불어넣는 과정이 없는 제작 공장에서 찍어내는 상품은 'Meisterwerk'라고 불릴 자격이 없다는 말이다. 칸트에 따르면, 명작에는 첫째로 이익과 이해가 배제되어 있다는 특징, 둘째로 양적으로 측정 가능하지 않지만 질적으로 모두 공감할 수 있다는 특징이 있다. 또한 명품은 유일성이라는 특징, 즉 복사·반복 제작이 아니라는 특징을 갖고 있다. 한마디로 작품을 위한 작품일 때만 명품이 될 수 있지, 가격이나 이익을 특징으로 하는 상업적 생산품은 명품이 될 수 없다.

'명품'이라는 말은 '대통령'이라는 말이 어처구니없는 오해를 빚어내는 것과 같다. '대통령'은 원래 'president'를 번역하면서 생겨난 말인데, 이 원어는 라틴어로 '앞'이라는 뜻의 'pre'와 '앉아 있다'는 뜻의 'sidere'의 합성어다. 다시 말해 민주주의를 뜻하는 '회의석상에서 앞에 앉아 있는 사람'이라는 'president'가 대통령(大統領), 즉 '국가의 통치 문제에서 가장 큰 명령을 내리는 사람'으로 번역되면서 아

직도 전제 정치의 특징인 '통치권'이 우리 정치 사회를 혼들고 있는 원인이 되고 있다. 마찬가지로 돈이 되기만 하면 달려드는 상업주의 장사꾼과 시청률·구독률만 높이면 된다는 언론의 합작품인 '명품'이라는 용어를 국민들이 무비판적으로 받아들이면서 우리의 건전한 소비 의식이 병들게 된 것이다. 그래서 에코는 기호학을 정의하면서, "거짓말을 하기 위해 사용될 수 있는 모든 것을 연구하는 학문 분야"라고 하였나보다.

명인(名人)은 명품으로 꾸며지는 것이 아니라 인품(人品)으로 이루어지는 것이다. 자신이 남들에게 더 멋있게 드러나기를 원하는 사람은, 나아가 스스로 자신에게 만족하기를 원하는 사람은 기만적인 의미의 명품을 살 것이 아니라 자신의 인품을 기르는 데 귀한 시간과 노력을 투자해야 할 것이다.

"구별의 코드가 아닌 참여의 코드로"

누구도 희망적으로 볼 수 없을 만큼 아무런 정치 배경도, 경력도, 집안도, 학벌도 없는 노무현 씨가 모든 것을 다 가진 이회창 씨와 대통령 선거에서 맞붙은 끝에 오직 국민들의 건강한 상식과 미래에 대한 비전을 바탕으로 대통령이 된 지 넉 달이 되었다. 참여·개혁·대화 등을 내세운 노 대통령이지만, 기존의 기득권층에서 그를 진실로 도와줄 사람은 많지 않았을 것이다. 또한 기능적 능력은 있지만 늘 양지만 찾는 사람이라면 새 시대의 비전을 실현하는 데 적절한 사람이 아니다. 그래서 기존의 인재 풀을 벗어나 개방과 참여를 강조하며 인터넷을 통해 인재를 추천받았으나 추천자 수에 비해 적절한 사람이 많지 않았나보다. 이에 대해 노 대통령은 무엇보다도 '개혁 코드에 맞는 사람'을 '참여 정부'에서 일하게 할 것이라고 말하였는데, 이때부터

'코드'라는 단어는 지난 넉 달간 유행병처럼 번지게 되었다.

하지만 노 대통령이 사용한 용어들 중에는 왜곡과 함께 조롱의 대상이 되는 것이 많은데, 그 중 대표적인 것이 바로 '코드'라는 말이다. 최근 어느 젊은 정치인은 심지어 '코드 정치'라는 웃지 못할 신조어로 노 대통령의 정치 스타일을 비판하고 나섰다. 노 대통령을 부정적으로 보는 사람의 비판의 핵심은 '코드'를 '노무현과 코드가 맞는 사람', '노심(盧心)을 잘 읽는 사람'으로 이해하고, 자기 '기분', '입맛'에 맞는 사람만 편애하고 다른 사람들은 홀대함으로써 인사와 정부의 일에 구멍이 보인다는 것이다. 하지만 노 대통령의 말을 보면, '노무현과 코드가 맞는 사람'을 원하는 것이 아니라 '개혁 코드에 맞는 사람'을 원하는 것이다. 그럼에도 불구하고 '코드'는 '철학과 원칙을 공유하는 사람들이 모여 정책을 결정하는 것'을 말하지만 현실적으로는 "우리편이었느냐 아니냐를 무엇보다도 중시함으로써 결과적으로는 패거리 정치 아니냐는 비판을 불러일으킨다"는 지적도 있다.

코드는 영어로 'cord' 또는 'code'다. 'cord'는 '전기 코드'라는 말에서처럼 우리가 이미 일반 생활에서 사용하는 외래어로 '줄'이나 '끈'을 말한다. 유럽 여행을 떠나면서 전기밥솥을 가져가본 사람은 알 것이다. 프랑스·이탈리아 등은 모두 전기 코드가 달라 들고 간 전기밥솥을 사용해보지도 못한 채 다시 들고 와야 한다. '코드가 맞다'는 표현을

정당한 절차에 의한 힘 겨루기는 대립이 아닌 화합을 이끈다.

이러한 의미로 이해하면 서로 연결될 수 있는 최소한의 소통 방식이 있어야 한다는 말이 된다.

우리 사회에 요즈음 사용되고 있는 코드라는 말은 이보다는 오히려 'code'로 이해하는 것이 적절할 때가 많다. 이는 '법전'·'규약' 그리고 '부호'·'암호'·'약호'라는 뜻으로, 의사 소통의 기본 틀을 말한다. 이 단어는 특히 컴퓨터 공학이 발전하면서 빈번히 사용하게 되었는데, 여기에서는 '정보를 표현하기 위한 기호 체계'·'전신 약호'·'숫자 암호' 등을 말한다. 이러한 의미의 코드는 이제 그 의미가 확장되어 '어떤 전체를 읽어내는 키워드', '복잡한 사회 문화 속에서 중심 역할을 하지만 잘 드러나지 않는 의미론적인 핵심 부호'를 뜻하게 되었다. 바로 이 책의 부제인 '우리 시대를 읽는 26가지 코드'라는 말에서처럼 말이다.

그런데 정치판에 갑자기 웬 언어학적 용어인 '코드'란 말인가? 일찍이 정치철학자 홉스는 그의 국가론인 『리바이어던』을 쓰면서 국가를 논하기 전에 우선 인간, 특히 감성과 함께 언어에 대해 논하였다. 그는 "언어가 없었다면 인간 사이에는 국가 사회 계약 평화도 없었을 것"이라고 하였다. 그는 많은 사람들이 같은 언어를 사용할 때 동일한 내용을 서로 공유할 수 있도록 하는 기능을 언어가 가지고 있다는 의미에서 언어를 부호, 즉 코드라고 불렀다. 그리고 그는 언어가 잘못 사용되는 것을 무엇보다도 유해한 것으로 보았는데, 바로 언어의 오용 때문에 우리가 착각·오해 · 기만을 하게 된다는 것이다.

　'코드'라는 말이 우리 사회에 중요한 이슈로 떠오르게 된 것은 우리가 동일한 한국어를 사용하더라도 상이한 의미로 사용하는 경우가 많아 의사 소통에 문제가 발생하고, 우리 사회의 문제의 원인과 해결책을 제시하고 이해하는 데 너무나 상이한 입장들이 많기 때문이다. 이러한 의미에서 '코드'란 바로 세계관이요 철학이요 비전이다. '개혁 코드에 맞는 사람'라는 말은 네 편 내 편을 가리자는 말이 아니다. 기존의 기득권층이 활동하기 가장 편리한 기존의 구조가 유지되는 한 우리 미래가 밝지 못하므로 일반 국민들의 참여를 통해 개혁을 실행할 수 있는 사람이 정부에 필요하다는 말이다. 이를 비판할 국민은 거의 없을 것이다. 그렇다면 이제는 말꼬리 잡는 비난보다는, 이제는 내가 득세할 차례라는 생각보다는, 어떻게 하면 국민들의 참여를 통한 개혁이 가능한지 다같이 논의하는 것이 미래를 여는 길이다.

click 17···자 살

"자살은 하나의 한계 현상이다"

　　최근 뉴스에서 우리 마음을 가장 아프게 하는 보도는 빈번해진 '자살'에 대한 것이다. 열심히 살아보려다 사업에 실패한 어느 일반인이, 노동 조건 향상을 요구하는 두 눈 부릅뜬 노동자가, 입시라는 중압감에 못 이겨 풀잎처럼 새파란 수험생이, 아들 카드 빚에 좌절한 검소한 노인이, 채무 관계로 인한 경제적 어려움을 견디지 못해 어린 자식들과 함께 일가족이, 급기야는 한반도 평화와 통일에 일조하고 있는 대기업 회장과 뇌물을 받은 것으로 드러난 고위 정치인이 자살하였다는 보도까지 듣게 되었다.

　　우리 사회에서 자살률이 높았던 때는 IMF 외환 위기에 의해 경제가 최악이었던 1998년으로, 한 해 1만 2458건이나 되었다고 한다. 하지만 2002년에는 자살 건수가 이보다 높아져 1만 3055건이 되었으니, 자살에 대한 보도가 부쩍 많은 올해는 이보다 더 늘어날 전망이다. 2001년 우리나라 자살 사망률은 인구 10만 명당 15.5명으로 사망 원인의 8위에 해당하고, 어떤 위기 상황에 부딪혔을 때 자살 충동을 느끼는 사람이 80%나 된다고 하니, 자살은 한갓 예외적인 죽음이나 개인적인 성향에 의존된 것이 아니라 사회적 문제임이 분명하다. 10만 명당 자살률이 20명에 달하는 독일과 비교해보면, 독일에서는 자살이 사망 원인의 2위로 자살의 원인은 주로 사회로부터의 고립과 소외인 데 비해, 우리의 원인은 대부분 경제적 압박이다.

해외 보도에서 요즈음 가장 많이 들을 수 있는 자살의 형태는 자살 테러다. 러시아에서 체첸 반군들 중 여성의 자살 테러, 이스라엘에 대한 팔레스타인 청소년의 자살 테러, 그리고 마치 종전이 된 듯한 이라크에서 미군에 대한 자살 테러 등…. 또한 현대에 들어와 자살은 여러 방식으로 문제가 되고 있다. 인터넷이 발달하면서 자살에 관심이 있는 사람들이 정보를 주고받고 급기야 자살을 직접 도와주기도 해 물의를 빚는 자살 사이트, 환자를 치유해야 할 의사에 의한 안락사 문제 등.

자살은 '자유 의사'에 의해 자신의 목숨을 끊는 행위를 말한다. 하지만 '자유 의사'라는 말이 모호하여 부정적인 의미가 약화된 자진·자결 등과 그 구분이 불분명하고, 또한 자유 의사가 주어진 사회 환경과 무관하지 않다는 점에서

수많은 속박 속에서 우리는 어찌해야 하는가?

국가의 책임도 문제시된다. 하지만 동물의 본성을 생존과
교미로 본다면, 자살은 인간에게서만 발견되는 특이한 현
상이다.

자살의 원인으로 대표적으로 제기되는 것은 해결할 수
없는 어려움으로부터의 도피심과 '내가 죽는 방법 외에 다
른 해결책이 없다'는 오판이다. 정신분석학자 프로이트는
자살의 원인을 죄의식, 더 나아가 무의식적인 공격적 충동
으로 보았고, 대부분의 사회학자는 사회적 압박이 자살의
원인이라는 점에서 자살을 또 다른 의미의 사회적 타살로

본다. 이러한 의미에서 뒤르켕은 자살을 "집단적 질병의 표현"으로 보았다. 하지만 자살의 근본적인 원인은 무엇보다도 좌절감이다. 그래서 프루드호모는 "자살에 필요한 용기를 삶을 지탱하는 데 써야 하지만, 좌절감은 이와 같은 생각을 갖지 못하게 한다"고 말했다. 철학에서는 인간에게 자신의 죽음을 스스로 결정할 권한이 없는가 하는 근본적인 물음도 제기되었지만, 자살이 부정적인 이유를 제시하는 데 주로 관심을 기울였다. 예를 들어 토마스 아퀴나스에 따르면, 첫째로 인간은 자신을 사랑해야 하는데 자살은 그렇지 못하며, 둘째로 자살은 자신이 속한 사회에 해를 끼치는 행위며, 셋째로 삶과 죽음은 신의 명령에 의해야 하는데 자살은 신의 명령에 도전하는 행위다. 이보다 더 명료한 근거를 제시한 철학자는 칸트다. 그는 입법적인 존재로서의 인간이라는 규정을 바탕으로 자살이 자기 부정적, 자기 모순적임을 지적한다.

자살은 하나의 한계 현상이다. 자살의 부당함이나 정신 병리적 설명으로는 해명할 수 없는 인간 존재의 한계 현상이다. 자살 테러는 복수를 위해, 후세를 살리기 위해, 남을 죽이기 위해 스스로를 죽이는 한계 현상이고, 안락사는 살릴 수 없는 환자를 고통에서 벗어나게 하기 위해 의사가 의사임을 벗어나는 한계 현상이다. 하지만 대부분의 자살에는 인간이 목적이 아니라 수단이 되고 있음도 엿보인다.

다른 한편, 자살을 부정적으로 본 사람들이 주로 가진

팔레스타인의 소년 자살 테러범.

자들이었다는 사실도 주목할 필요가 있다. 이러한 의미에
서 샴포드는 자살자만 탓하는 사회를 다음과 같이 비판한
다. "왕들과 성직자들이 자살을 욕한다면 그들은 다만 우리
의 노예 신분을 확고히 하려고 하는 것뿐이다. 그들은 우리
를 출구 없는 감옥에 처넣으려고 한다." 우리 사회에서 많
이 볼 수 있는 자살 형태는 일가족 동반 자살인데, 이는 가
장의 경제적 파산이 일가족을 몰살로 내몰 정도로 사회 안
전 장치나 사회 복지가 미약하다는 점을 반증한다. 우리 사
회에서 혜택을 받고 있는 사람들은 자살의 부당성을 설파
하기에 앞서 우선 우리 사회가 어느 일가족에겐 출구 없는
감옥은 아닌지, 그렇다면 어떻게 하면 출구를 조금 열 수
있는지 깊이 반성하고 노력해야 한다.

click 18···자기 기만
"우리는 과연 누구인가?"

몇 년 전 한 텔레비전 방송에서 「아줌마」라는 드라마가 인기리에 방영되었다. 이 드라마에서 주인공인 대학 교수 '장진구'는 스스로 자유주의자를 내세우며 가정의 책무를 도외시하고, 유창하고도 현학적인 말을 하면서도 진실성은 보이지 않는 모습을 통해 바람직하지 못한 현대 지성인을 대표적으로 보여주었다. 그래서 한때 대학가에서 유행한 '장진구적이다' 또는 '장진구 같은'이라는 말은 그 어떤 말보다도 부정적인 뜻으로 사용되기도 하였다. '장진구'가 그처럼 부정적으로 보였던 것은 무능력하거나 외도를 하는 비윤리적인 모습을 보여서만이 아니다. 이 드라마에서 '장진구'는 무엇보다도 '위선적'이고도 '자기 기만적'이었기 때문이다.

우리는 일상 생활에서 '위선'과 '자기 기만'을 크게 구

내 속엔 내가 너무나 많아.

별하지 않고 흔히 동의어로 쓰곤 한다. ‘위선’은 말 그대로 악한 사람이 다른 사람들에게 선한 것처럼 보이려고 노력하는 행위다. 이와 함께 ‘자기 기만’과 비슷한 뜻으로 사용되는 낱말로는 ‘이중인격자’, ‘자기 최면’, ‘객기(客氣)’ 등이 있다. 기만은 남을 속이는 행위, 예를 들면 우리가 파병할 이라크 지역에 대해 유엔 보고서와는 달리 우리의 조사단이 엄밀한 조사도 하지 않은 채 위험하지 않다고 국민을 속이는 행위다. ‘자기 기만’은 이와 같은 기만 행위가 자기 자신에 대한 것이라는 점에서 그 독특성이 있다. 이 때문에 자기 기만은 위선이나 (타자) 기만에 비해 훨씬 더 복잡한 구조를 지닌다. 예를 들어 위선을 한 사람에 대해 "당신의 행동은 위선적이다"라고 말하면 경우에 따라 이를 수긍하는 자도 있겠지만, 자기 기만을 한 사람에 대해 "당신은 지금 자기 기만을 하고 있다"고 지적하면 거의 수긍하지 않는다.

자기 기만을 하는 자가 자기 기만을 인정한다는 것은 피기만자인 자신이 기만을 알고 있다는 뜻이므로 이미 자기 기만이 성립되지 않기 때문이다. 극단적인 경우 자기 기만이 드러날 때면 자살을 선택하는 사람도 있을 정도다.

자기 기만에 대한 여러 견해들을 분류하면 크게 둘로 나눌 수 있다. 그 하나는 자아란 시·공간 속에서도 자기 동일성을 유지하고 스스로 통찰할 수 있다는 전제를 갖고 타자 기만과 자기 기만은 피기만자만 다를 뿐 동일한 구조를 갖고 있다는 견해다. 이 견해는 궁극적으로 자기 기만은 모순에 빠질 수밖에 없다는 결론에 도달한다. 기만이란 기만자가 참이라고 믿지 않는 사태를 피기만자가 참이라고 믿게끔 하는 행위다. 그런데 자기 기만은 바로 한 동일인이 참이라고 믿지 않는 사태를 참이라고 믿게끔 하는 행위이므로 불합리하다는 것이다. 다른 하나는 자아와 관련지어 상이한 자아 상태들을 상정하며 이 상이한 자아들은 서로 통찰할 수 없고 그 때문에 자기 기만이 가능하다는 견해에서 출발한다. 이러한 견해에서는 모순이 발생하지 않는다

거울에 비친 내 모습은 정말 나인가? 거울을 들여다보자.

이중인격자의 대명사 「지킬 박사와 하이드」의
한 장면

고 주장한다. 하지만 조금 더 생각해보면 이 견해 역시 불
합리하다. 서로 상이한 자아를, 스스로 통찰할 수 없는 자
아를 어떻게 우리가 동일한 자아라고, 여기에서 발생된 기
만을 어떤 근거로 '자기-기만'이라고 부를 수가 있는가?

　우리 사회의 자기 기만 현상은 어느 특수한 개인적인
현상이 아니라 사회 일반적인 현상이라는 점에서, 다시 말
해 '집단 자기 기만'의 모습을 띠고 있다는 점에서 큰 문제
점을 안고 있다. 집단 자기 기만은 한 개인의 자기 기만보
다 발생하기 훨씬 쉽고 벗어나기는 훨씬 어렵다. 바로 자기
이해에 대한 사이비-정당성을 주변 사람들로부터 얻기 쉽
기 때문이다. 결코 비만증이 심각하지 않은 우리 사회에서
많은 정상적인 여성이 스스로 다이어트를 해야 한다고 생
각하는 사회, 포도주가 성찬식에서 필요한 종교가 바로 기
독교인데도 불구하고 대부분의 기독교 신자가 술을 비기

독교의 상징으로 보는 사회, 언제 들어왔는지도 모르는 넥타이를 결혼식이나 장례식 등 각종 예식에서 매지 않으면 지성인으로서는 결례라고 생각하는 사회, 공창(公娼) 하나 없으면서도 성 매매 산업이 연간 수조 원에 달하는 사회, 법적으로 제한된 선거 자금보다 몇 십 배가 넘는 선거 자금을 사용하고서도 법적으로 아무 문제없이 국회의원이나 대통령이 되고 또 그런 사람들을 국민들의 대표로 국민들 스스로 뽑는 사회가 바로 집단 자기 기만의 우리 사회다.

자기 기만이 '자기 인식'·'자기 이해'·'자기정체성'과 관련되어 있듯이, 집단 자기 기만은 '우리는 과연 누구인가?' 하는 물음을 근본적으로 던지게 한다. 이라크 파병과 관련지어 우리 사회 계층간의 갈등이 깊어져만 가는 지금, '내가 갈 것인가?', '내 자식을 보낼 것인가?' 그리고 '파병이 정말 우리가 원하는 것의 획득을 보장하는가?'를 물어보지 않는다면 우리는 다시 한 번 집단 자기 기만에 빠지게 될 것이다.

"독서 아무리 강조해도 지나침이 없다"

외국인들도 감탄하는 이 좋은 가을날이 계속 되면서 파란 하늘, 신선한 바람 그리고 단풍 구경에도 마음이 즐거워지지만 책읽기엔 마음이 더 즐거워진다. 통계를 보면 우리나라 평균 독서량은 1991년 1.21권, 1996년 1.5권, 2003년 1.59권으로 점차 증가하고 있다. 영화나 텔레비전 등 영상 문화가 발달하면 사람들이 독서에 소홀해지는 것은 아니냐는 걱정도 있지만, 오히려 책들이 쏟아지고 있어 무엇을 읽어야 할지 고민스러울 정도다. 국제화와 함께 지방화가 요구되듯, 영상물에 대한 관심과 함께 책에 대한 관심도 늘어난 것이다.

많은 책이 쏟아지고 있는 오늘날, 읽고 싶은 책을 한 권 선택한다는 것은 결코 쉬운 일이 아니다. 규모가 큰 서점에 들어가면 각 분야별로 책들이 진열되어 있어 어느 한

분야의 책을 고르는 것은 쉽지만, 다른 분야의 중요한 책들을 만나기는 오히려 어렵게 되어버렸다. 이와 유사한 어려움이 또 하나 있다. 요즈음 신문사·방송사·인터넷 서점 등에서는 일주일에 한 번씩 새로운 도서에 대해 여러 정보를 제공하여 많은 책들 중 좋은 책을 고르는 데 큰 도움을 주고 있지만, 여기에 포함되지 않으면서도 좋은 책을 만나는 일은 오히려 더 어렵게 되어버렸다. 베스트셀러의 순서는 결코 책 선택의 기준이 되어서는 안 된다. 오늘날 책 고르기는 더욱더 주체성을 요구한다.

'책에는 이 세상에 모든 좋은 말이 다 들어 있다.' 이것은 중국 속담이다. 그래서 중국인들은 "사흘간 책을 읽지 않으면 말이 천박해진다"고 한다. 그러면 책 중에도 읽어서는 안 되는 책이 있는가? 리히텐베르그는 "이 세상에서 읽어서는 안 되는 책은 바로, 읽어서는 안 된다고 지목된 책들을 정리한 책이다"라고 말하면서 이를 강하게 부정한다. 하지만 스페인 속담에는 '책과 친구는 많지는 않더라도 좋은 것을 가져야 한다'는 말도 있다. 폰 에브너-에쉔바흐에 따르면 좋은 책이란 "작가가 쓰면서 생각한 것보다 더 많은 진리를 담고 있는 책"이다. 이러한 책들을 그는 바로 '고전(古典)'이라고 불렀다. 그리고 예전의 책을 오늘날에도 읽어야 할 이유가 무엇인가 하고 묻는 사람들에게 그는 "고전을 읽는 사람은 언제나 새로워진다"고 압축적으로 말한다.

최근 뛰어난 영상물이 쏟아지면서 영상물이 책을 대신할 수 있다고 주장하는 사람도 많다. 슈바니츠는 작년 국내에 번역된 『교양』이라는 책에서 텔레비전·방송·영화 등의 영상은 책을 대신할 수 없다고 확답한다. "언어의 구체적 상황의 속박으로부터 풀어주는 것은 바로 글"이기 때문이라는 것이다. 즉, 영상물 관람은 영상이 구체적이어서 관람자들이 다른 상상을 하지 못하게 하지만, 독서는 독서가들에게 상상력을 부여한다는 말이다.

독서를 중시한 점에 대해서는 우리 선조들도 결코 남에게 뒤지지 않았다. 우리 선조들은 독서를 통해 수기(修己)와 치인(治人)을 할 수 있다고 생각했다. 독서를 통해 심신을 스스로 수양하고 나아가 사회 발전에 기여할 수 있다는 것이다. 율곡은 "독서는 시비를 분변(分辨)하여 일을 실천하는 데 시행하는 것이다. 만약 일을 살피지 않고 단지 꼿꼿이 앉아 책을 읽기만 한다면 쓸모 없는 배움이 될 것이다"라며 독서 후 실천과 유용성을 중시했다. 독서가 무엇인가에 대해 가장 압축적으로 말한 선조는 연암 박지원이다. 그는 선비를 한마디로 '책을 읽는 자[讀書曰士]'라고 했다. 연암은 책을 대하는 자세에 대해서도 말한다. 오늘날 우리가 보면 웃음도 나오지만 책이 귀했던 그 시대의 독서 태도를 읽을 수 있는 말이다. "책을 대해서는 하품을 하지 말고, 기지개를 켜지도 말고, 졸지도 말아야 하며, 만약 기침이 날 때는 머리를 돌려 책을 피해야 하며, 책장을 뒤집되 침

독서, 아무리 강조해도 지나침이 없다.

을 묻혀서 하지 말고, 표지를 할 때 손톱으로 해서는 안 된다. 서산(書算)을 하면서 번수를 기록할 때는 뜻이 들어가면 헤아리고, 뜻이 들어가지 않으면 헤아리지 말아야 한다. 그리고 책을 베고 자서는 안 되며, 책으로 그릇을 덮지 말고, 권질을 어지럽게 두지도 말고, 먼지를 털어 좀벌레를 쫓으며, 맑은 날에는 햇빛을 쬐고, 남에게서 빌려온 서적의 글자가 잘못되었으면 교정을 봐서 쪽지를 붙이고, 종이가 떨어졌으면 붙이고, 꿰맨 실이 끊어졌으면 새로 꿰매어서 돌려줘야 한다."

오직 책을 읽는 국민만이 우리 사회를 밝게 할 수 있다는 일념 아래 경제성과는 거리가 멀지만 34년 동안이나 꾸준히 독서를 위해 일해 온 『독서신문』의 가족에게 조용한 갈채와 함께 독서신문사의 무궁한 발전을 빈다.

디코드 20 · · · 동 물
"동물도 우리와 같이 살아가는 생명이다"

경제적으로 살기가 조금씩 나아지고, 가족의 수가 점점 줄어들어 가고, 부부 모두 직장 생활을 하는 가족들이 늘어남에 따라 동물에 대한 관심이 높아지고 있다. 미래의 인기 직종에 대한 예측에서 수의사 · 애완동물관리사 등이 선두에 있는 걸 보면, 동물들은 점점 인간과 가까워져 가족 속으로 들어오고 있음을 짐작할 수 있다.

예전에 애완 동물이라고 하면 개 · 고양이 · 새 · 금붕어 등에 불과했지만, 요즈음은 쥐 · 햄스터 · 뱀 · 도마뱀 · 도롱뇽 등 갖가지 동물들이 사람들의 사랑을 받고 있다. 대가족 시대에서 형제나 조부모와의 사랑이 핵가족의 시대에 애완 동물과의 사랑으로 대체되고 있는 것이다. 생활 환경이 급속도로 도시화됨에 따라 자연과 멀어지는 요즈음,

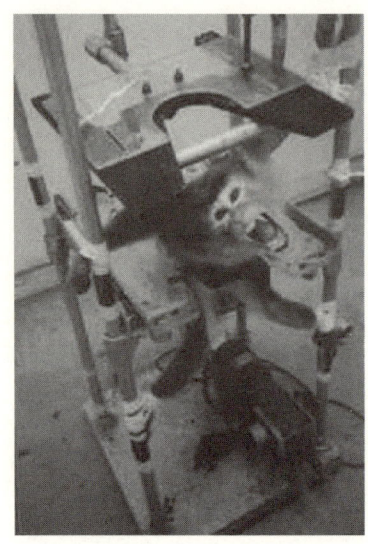

애완 동물에 대한 관심은 생명에 대한 사랑을 체험하는 좋은 기회다. 하지만 다른 한쪽에서는 여전히 밀렵꾼들이 희귀 동물들에게 덫을 놓고 약을 뿌리고 총을 쏘아 죽이며, 건강에 좋으니 정력에 좋으니 하며 고가에 사들이는 사람이 적지 않는 것이 현실이다.

인간은 동물이다. 하지만 '부끄러움'도 느낄 줄 아는 특별한 동물이다. 사냥으로 생활을 끌어나갔던 원시 시대 인간은 생존을 위해 동물과 생사를 건 투쟁을 하였으나, 그 후 동물들을 길들여 가축으로 사육함으로써 동물은 더 이상 인간의 적이 되지 않았다. 이때부터 동물들은 인간을 위해서라면 언제든 희생해도 되는 것으로 여겨왔다. 그러다 보니 생태계가 파괴되고 광우병 등 가축들의 특이한 병들

과연 동물은 사고하지 못하는가?

이 이제 인간의 생명을 위협하게 되었다. 다 자생자득이다.

우리는 좋지 않은 사람을 곧잘 동물에 비유한다. 욕에 동물이 많이 등장하는 것도 동물을 나쁘게 보기 때문이다. 하지만 정말 인간이 동물보다 좋은(선한) 것일까? 베르그는 오히려 "나는 인간을 알기 때문에 동물을 사랑한다"고 역설하며 이를 부정한다. 인간은 인간을 속이지만 동물은 인간을 속이지 않는 것을 알고 인간에게 실망한 사람들이 동물에게 더 많은 애정을 보인다. 인간보다 더 잔인한 동물이 없다는 것은 인간의 역사가 증명하고 있다. 필요 없이 다른 동물을 죽이는 일을 인간 말고 어느 동물이 한단 말인가? 자신이 사랑하는 강아지가 시끄럽다고 성대를 제거하고, 주인에게 불편하다고 중성화 수술이라는 성 기능 제거 수술을 하고, 예쁘게 보인다고 꼬리를 자르고 기른다. "학의 다리가 길다고 학의 다리를 자를 수는 없다"는 장자의 말이 무색해진다.

의학사에서 보면 동물 실험은 강자의 사회에서 불필요한 사람들을 대상으로 수백 년 동안 시행되어오던 인체 실험을 대체해준다는 장점 때문에 큰 반성 없이 진행되어 왔다. 하지만 동물 보호 운동과 더불어 1970년에 들어와 '동물도 존엄한가?' 하는 동물권에 대한 문제가 제기되었다. 동물이 인간과 동등한 권한을 가졌는가 하는 질문에 대해서는 많은 사람들이 부정적으로 대답할 것이다. 그렇다고 해서 인간을 위해서라면 동물을 아무렇게나 실험하고 희생시켜도 된다는 결론이 도출되지는 않는다. 개고기를 먹는 것이 동아시아 문화의 하나라고 하더라도, 개를 도축할 때 때려죽여야 고기가 연해진다며 개를 고통스럽게 죽이거나, 아무리 인간의 건강에 도움이 될지라도 살아 있는 곰의 쓸개를 빨아먹는 짓이 '문화'라는 이름으로 보호받을 수는 없다. 동물 실험도 마찬가지다. 과학적 진리 탐구, 의학의 발전, 인간의 복지를 위해 동물 실험이 필수불가결하다고 해도 불필요한 동물 실험을 피해야 하고, 실험 목적에 위배되지 않는다면 실험 동물에게 고통을 줄여줘야 한다.

동물을 보호해야 한다는 생각에는 크게 두 가지 견해가 있다. 그 하나는 동물의 고통을 보고 동정심을 갖게 되는 사람은 다른 인간에게도 더 많은 연민을 갖게 된다는 칸트적인 견해다. 즉, 인간의 교육을 위한 동물 보호다. 이에 대해 쇼펜하우어는 "단지 자기 수양을 위해 우리가 동물을 동정해야 한다는 말인가?" 하며 반박한다. 즉, 다른 하나의 견해는 동물 자체에 존엄성, 즉 생명이라는 존엄성이 있다는 주장이다. 다친 제비 다리를 치료해주고 새장에 가두는 것이 아니라 다시 날려 보내주는, 그래서 복을 받은 '흥부'의 이야기는 우리가 다 잃어버린 우리 선조들의 생명에 대한 경외심을 단적으로 보여준다.

얼마 전 전두환 전 대통령이 국가의 부채를 갚지 않자 추징금을 환수하기 위해 가재 도구 등 '동산(動産)'이 경매된 적이 있었다. 여기에 그가 기르던 진돗개 두 마리도 포함되었다. 주인을 잘못 만나 사랑하던 주인과 집을 떠날 뻔한 개도 불쌍하지만, 개를 단순히 '동산'의 하나로 파악하고 경매까지 붙인 국세청 당국의, 우리 국민들의, 우리 사회의, 인간과 개의 관계에 대한 금전주의적인 의식에 대해 그 진돗개에게 부끄러울 따름이다.

dick 21···대 박

"당신은 당신의 대박을 위해 지금 무엇을 하고 있는가?"

　'욕심 많은 부자 형과는 달리, 가난하지만 마음씨 착한 동생은 다리를 다친 제비를 구해주었다. 그 후 제비가 준 호박씨를 동생은 잘 키워 어느 가을날 자식들과 함께 박을 탔더니 금은보화가 쏟아져 나와 행복하게 잘 살았다.'

　흥부와 놀부의 이야기다. 그 어원은 불분명하지만 우리 시대의 횡재, 한탕주의에 대한 신드롬을 가장 잘 나타내는 '대박'이라는 말의 내용적인 뿌리는 아마도 박을 타는 흥부의 모습에 있을 것 같다.

　비록 '대박'이라는 말과 일치하는 말이 없을지라도 '대박'을 추구하는 인간의 모습은 어느 문화에서나 오래 전부터 발견된다. 하지만 거기에도 여러 유형이 있다.

　첫째, 발명을 통한 대박이다. 그 대표적인 예가 연금술이다. 연금술이란 은을 금으로 또는 가치가 낮은 금속을 가

치가 높은 금속으로 전환하는 화학적 비법, 나아가 여러 식
물에서 중요한 성분만 축출하여 불로장생의 보약제를 만
드는 약제법, 심지어 어려울 때마다 지혜를 알려주는 철학
자의 돌을 만드는 비법 등을 의미한다. 고대의 연금술에는
비과학적인 실험들이 많았지만, 이를 통해 발명된 것도 많
았다. 도자기가 그 예인데, 이는 현대 공학 중 재료공학의
뿌리가 되기도 한다. 연금술에 대한 인간의 꿈은 결코 황당
하지만은 않았다.

근대 자연과학의 발달에 기여한 갈릴레이나 프란시스
베이컨은 대표적인 연금술사들이었다. 특히 베이컨은 우리
에게 보이는 사물을 변화시킴으로써 그 사물의 본성을 발

견할 수 있다고 믿었다. "사물의 본성은 자기 자신의 고유한 자유보다는 오히려 기술의 인위적인 조작 작용을 통해서 드러난다." 하지만 이러한 비과학적인 연금술에 대한 꿈은 "한 원소는 다른 원소로 변화될 수 없다"고 말한 R. 보일, A. L. 라보아지 등의 원소 이론이 등장한 뒤 더 이상 과학의 영역에 머물 수 없게 된다. 발명을 통한 대박의 예는 현대에도 많다. 국내 IT 산업에서 독창적인 콘텐츠, 예를 들면 컴퓨터 보안 시스템을 개발하는 안철수 소장 등이 있다.

둘째, 발견을 통한 대박이다. 19세기에 아메리카·남아프리카·오스트레일리아 등에서 금광을 찾던 사람들이 그 대표적인 예다. 찰리 채플린의 영화 「황금광 시대(The Gold Rush)」는 금광을 찾기 위해 목숨을 건 사투, 심지어 살인 그리고 갑부, 사랑 등이 혼합되어 대박을 찾는 인간상을 잘 보여준다. 1848년에 미국의 세크라멘토에서 가까운 아메리칸 강에서 금이 발견되자, 미국뿐만 아니라 유럽·중남미·중국 등에서 직장을 버리고 금을 캐러 몰려온 사람이 10만 명이나 되었다고 하니, 이러한 대박을 좇는 사람이 당시 얼마나 많았는지 짐작할 수 있다. 이와 흡사한 대박 유형으로는 유전 탐사 작업, 그리고 영화 「타이타닉」의 소재였던 보물 탐사 작업 등이 있다. 그리고 예전에 "심봤다!"를 외쳤던 심마니 등도 이러한 유형에 속한다.

셋째, "내 인생에 너 만한 대박이 어디 있겠니?"라고

한 어느 광고에서 보듯, 교육을 통한 대박이다. 이는 요즈음 서구에서는 보기 힘든 유형이다. 이러한 대박을 위해 우리 부모들은 자신의 행복을 버리면서까지 자식 교육, 특히 사교육에 막대한 돈을 투자하고 있다. '문화(culture)'라는 말이 '농사짓다'라는 라틴어에서 출발해서 '정신 농사'라는 뜻의 '교육'과 결합한 것은 우리나라 말에서 '자식 농사'라는 말이 생겨난 이유와도 같다. 하지만 바람직한 인간상이 물질로 평가되는 우리 사회는 자식을 통한 대박도 물질적 결과를 기준으로 하고 있음을 냉정하게 직시해야 한다.

넷째, '로또' 복권 등을 통해 하루아침에 갑부가 되는 대박이다. '로또'란 네덜란드에서 시작한 것으로 구입자 자

한 계단 한 계단 조심스럽게 내려가면 출구는 나온다.

신이 번호를 선택하는 복권 형태를 말한다. 복권 구입자가
많을수록 당첨금도 높아지는데, 국내에 들어온 지 1년도
채 되지 않은 '로또'의 당첨금이 몇 백 년의 역사를 가진

유럽의 '로또' 당첨금의 몇 배나 되는 걸 보면, 이런 유형의 대박을 추구하는 사람이 우리 사회에 얼마나 일반적인가 쉽게 짐작할 수 있다.

다섯째, 부당한 대박이다. 불법 자금을 통한 국회의원 및 대통령 선거, 정치인·언론인·경제인에게 뇌물을 주고 주가 띄우기, 기업 확장 등에 골몰하는 기업인 등이 그 같은 예다.

대박! 인생에서 삶의 비약을 말하는 대박에 대한 꿈이 늘 부정적인 것은 아니다. 오랫동안 열심히 공부하여 고등 고시에 합격한 사람들, 새해 꼭두새벽에 배달되는 신문의 신년호를 장식하는 신춘문예 당선자들은 모두 자신의 노력으로 대박을 이루어낸 사람들이다. 문제는 내가 인생에서 어떤 대박을 터뜨리기를 원하고 그 대박을 위해 현재 어떤 정당한 노력을 하고 있는가 하는 것이요, 모두가 건강한 대박을 좇는 국민이 되도록 정부가 사회 제도를 어떻게 변혁하고 있는가 하는 점이다.

대하 22 · · · 표 절
"표절은 정신의 유괴다"

　　인간 사회의 형성 과정에서 원시 사회로부터 농경 사
회로의 변화는 중요한 의미를 지닌다. 인간 사회에 중요한
사유 재산 제도가 여기에서 시작된다고 보기 때문이다. 농
경 사회에서 노동력은 부를 결정하는 중요한 요인이었다.
그래서 한 개인의 사유 재산을 확대하는 데 자신의 노동력
으로는 불충분하여 자연스럽게 도입된 것이 노예 제도다.
그리스 · 로마 등 도시국가에서는 전쟁을 통해 패전국의
시민을 승전국의 노예로 확보했는가 하면, 아직 발달하지
못한 다른 지역의 주민들을 인신 유괴, 노예 사냥 등을 통
해 노예로 만들었다. 이때부터 노예들을 포획하는 데 사용
되었던 '끈'이라는 라틴어 'plag'라는 낱말은 '포승줄' · '올
가미' · '덫'이라는 뜻을 함유하게 되었고, 나아가 '인간유괴
범' · '인간사냥꾼' · '노예매매인' 등을 뜻하는 'plagiarius'

의 어원이 되었다.

그런데 'plagiarius'에는 또 하나의 중요한 뜻이 있다. 그것은 바로 '표절자'다. '표절'이란 '다른 사람의 지적 재산을 몰래 따다 씀'을 뜻한다. 다른 사람의 몸을 훔치는 것이 '인신 유괴'라면 다른 사람의 정신을 훔치는 것이 바로 '표절'이라는 말이다. 이러한 어원은 그리스 · 로마 시대부터 표절을 얼마나 부정적으로 봐왔는가를 여실히 보여준다.

얼마 전 국내 유명 대학 출신의 젊은 학자가 무려 8편의 논문에서 외국의 논문을 표절했다는 사실이 밝혀져 우리를 놀라게 하였다. 더구나 이러한 사실이 국내 학회에 의해서가 아니라 외국 학회에 의해서 밝혀졌다는 점에서 더욱 충격적이다. 우리 사회에서 표절은 사실 어제오늘의 일도 아니요, 표절을 진지하게 문제삼은 적이 없을 정도로 일반화되어 있다.

몇 년 전 한 유명 대학의 총장이 교육부장관으로 임명되었다가 며칠 되지 않아 그의 저서가 표절한 것으로 드러나 물러났던 것은 빙산의 일각이다. 방송사의 인기 있는 새로운 프로그램이나 인기 가수의 노래가 표절 의혹으로 얼룩지는 경우를 우리는 수없이 보아왔다.

표절에서 근본적인 문제는 무엇인가? 표절은 지적 재산의 절도 행위다. 미라부는 한마디로 "표절은 노예성의 시

작"이라고 단언한다. 하지만 아리스토텔레스는 "모방의 욕구는 인간에게 영아기부터 부여된 본성"이라고 보지 않았는가? 표절과 모방은 구체적인 사례에서 확연히 구별되지 않는 경우가 많다. 바로 이 때문에 표절의 유혹을 떨쳐내지 못할 뿐만 아니라 오히려 재창조라며 자신의 표절을 옹호하기도 한다. 모방과 표절은 물론 같은 것이 아니다. 모방은 모방 대상을 독창적으로 변화시킬 뿐만 아니라 원전을 밝히는 데 비해, 표절은 아무런 독창적 변화 없이 그대로 베끼면서도 그 원전을 은폐하고 있다. 하지만 모방조차 부정적으로 본 슈타엘은 "모방에 의한 문화는 결코 번영하지 않는다"고 확언한다.

　　이제 우리 학계에 왜 표절이 자주 일어나는지 냉정하게 살펴보자. 표절과 가장 반대되는 개념은 창의성이다. 우리는 중학교부터 대학 입학까지 사지선다형 시험 문제가

정보 매체의 발달로 더욱 쉬워진 표절.

평가의 주류를 이루며 창의성은 대학 교육에서도 외면당하고 있다. 이런 한국 교육 제도에서 학문적 글 쓰기는 주체성이 상실된 채 이른바 '정보의 바다'라고 불리는 인터넷에서 다른 사람의 지적 재산을 따와 짜깁기하는 것에 지나지 않는다. 이번에 문제가 된 이공계는 구체적인 실험이나 통계 자료를 사용하기에 표절 여부를 쉽게 확인할 수 있어 그나마 나은 편이다. 그렇지 않는 인문사회학계는 무엇이 우리의 학문인가 하는 물음을 삼켜버릴 정도로 서구 의존적이다. 이전의 저명한 학자들은 모두 서구 학문 수입상에 불과하다는 비판도 있다. 우리 학계가 어떤 연구를 지향하는지 확인하기 위해 한 인문학회의 심사 기준을 보자.

<① 주제의 적절성 ② 연구 방법의 논리적 적합성 ③ 연구 내용의 정합성 ④ 참고 문헌과 인용의 정확성 ⑤ 연구 결과의 학문적 기여도.> 여기에 창의적 주관성이나 우리

넘지 말아야 할 선은 감옥에만 있는 것이 아니다.

문화 사회에 대한 의식을 조금이라도 반영할 심사 기준이 있는가? 오히려 다른 논문을 많이 읽고 그것을 정확하게 인용했는가 하는 것이 논문의 질을 평가하는 기준이지 않는가? 이런 심사 기준에 적합한 논문을 많이 쓴 사람이 대학의 교수가 되고, 그가 대학생들을 지도·편달하니 창의적으로 사고하는 대학생들을 보기 힘들 뿐만 아니라 설혹 있더라도 오히려 낙제생으로 평가되고 만다.

표절은 학계의 문제만이 아니다. 독창적인 연구보다는 남이 연구한 것을 손쉽게 응용하려고만 하는 것이 우리 산업계의 문제며, IMF 체제가 들어설 때 가장 먼저 사원이

감축된 곳도 연구소다. 표절은 우리가 우리 자신에 대한 주체적 반성을 하지 않는 한, 정치·경제·사회·문화 모든 영역에서 우리 자신을 계속 갉아먹어 가고 있다.

🄳🄻🄸🄲🄺 23 · · · 여 성

"여성은 인간성 회복의 유일한 출구다"

여성의 시대다. 우리 사회 모든 영역에서 발전의 원동
력으로 여성의 활동이 두각을 나타내거나 요청되고 있다
는 말이다. 2003년 우리 사회에서 주목을 받았던 사람들은
대개 여성들이었다. 정치권의 강금실과 추미애, 연예계의
장나라와 이효리, 세계 골프계를 이끌고 있는 한국 여자 골
프 선수들 …. 국가 고시의 합격자를 보면 예전에 여성 합
격자는 '홍일점'이라는 말로 표현될 정도로 한두 명에 불과
했지만, 이제는 남성과 큰 차이 없는 합격률을 보이고 있
고, 국방부에서는 2002년에 최초의 여성 준장이, 경찰청에
서는 2004년에 최초의 경무관이 탄생하였다. 그동안 가부
장 제도가 지배해왔던 우리 사회는 여성과 관련된 사회 제도
에 커다란 변혁을 이루고 있다. 상속법 개정·성희롱 금지
법·호주제 폐지·양성고용할당제·비례대표 50% 여성 할

당·양성평등선거구제·여성 종중원 획득 등이 현재 실시되고 있거나 논의가 한창이다. 여성 리더들의 등장은 우리의 사회 변화를 보여준다.

하지만 이와 같은 여성들의 사회 활동이 겨우 100년의 역사에 불과하다는 사실은 그동안 여성들이 얼마나 많은 불평등 속에서 오래 살아왔으며, 양성평등권을 위해 얼마나 많은 노력을 했는가를 말해준다. 18세기에 루소는 성 불평등과 관련지어 여성들의 아픔을 다음과 같이 말하였다. "우리의 비이성적인 제도에서 올곧은 여성의 삶은 자신과의 끊임없는 싸움이다." 20세기 전까진 여성들에게는 보부아르가 말했듯이 "남성이 부여한 지위"만 있었을 뿐이다. 그래서 그녀는 이러한 현실을 "여성은 예속될 때 비로소 자유롭게 된다"며 비판했다. 법적 양성동등권의 대표적인 예가 되는 여성참정권은 미국과 독일에서는 1919년에, 현대 민주주의의 발상지라고 불리는 영국에서는 1928년에, 한국은 독립 후 대한민국 정부 탄생과 함께 이루어졌다.

여성의 탄생에 대한 신화로는 두 가지가 있다. 하나는 서구 정신사의 뿌리가 되는 『성경』으로, 여기에서 여성은 남성의 갈비뼈에서 만들어진다고 묘사됨으로써 19세기까지 여성을 남성의 반려자 또는 어머니라는 두 가지 역할만을 부여하는 근원이 된다. 다른 하나는 에게 지역의 신화에서 나오는 여신 '유리노메(Eurynome)'다. 그녀는 카오스에서

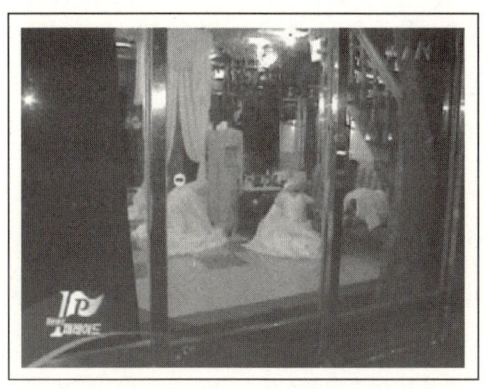

처음 등장하는 존재로서 만물의 출산자다. 전자는 남성에서 여성이, 후자는 여성에서 남성이 출생된다는 입장이다.

하지만 서구에서 가장 지배적인 여성관은 무엇보다도 '남성의 쾌락 대상으로서의 여성'이다. 이에 대해 톨스토이는 "여성을 보는 눈은 모두 같다. 여성은 쾌락의 대상이고, 여성의 몸은 감각의 만족 수단이다. 그래서 노예의 관계나 진배없다"고 비판하였다. 야만을 대변하는 마녀 사냥에서 대부분의 희생자는 여성이요 그것도 이혼녀며, 남아를 출산하지 않은 여성들이었다는 사실은 여성의 수난사를 단적으로 말해준다.

여성은 과연 남성과 차이가 있는가 없는가? 이에 대해서는 긍정과 부정이 가능하다. 차이가 있다고 인정하면 곧바로 성차별이 발생하는 문제가 있다. 하지만 부정하면 이제까지 남성 중심으로 이루어져온 온갖 폭력과 전쟁의 역사를 남성의 역사가 아니라 인간의 역사로 돌리는 우를 범하게 된다. 여성은 분명 남성과 차이가 있다. 그것은 남성이 결코 직접적으로 체험할 수 없는 생명에 대한 관계다. 그래서 여성 운동은 반전·평화·환경·생명 운동과 연결되는 것이다. 또한 여성 운동은 결코 여성의 권리만 관심 갖는 것이 아니라 한 사회의 여러 소외 집단, 예를 들면 장애인·외국인 노동자 등에 대한 인권 운동과 결합되어 있음을 직시해야 한다. 바로 여성 의식이 타자 의식과 결합되어 있기 때문이다.

여성들이 사회에서 권리를 되찾기 시작하면서, 아직도 여성의 문제를 냉담하게 바라보는 우리 사회에서 발생할 수밖에 없는 문제는 이혼의 증가와 출산 저하다. 이 점을 가보어는 "여성의 가장 좋은 친구는 보석이 아니라 이혼 담당 변호사다"라고 말한다. 우리 사회에는 아직도 여성 차별의 영역이 많고 심지어 여성 비하의 발언이 오간다. 대학 교수의 여성 비율은 10% 남짓하고 그것도 간호대학이나 가정대학을 빼면 아주 낮은 편이다. 신도의 70% 이상이 여성이지만 목사의 95% 이상은 남성이다. 한 기독교 당회장이 여성에 대해 '기저귀'라는 단어로 비하하면서 여성의 목사 안수를 부정한 것이 우리 사회의 현실이다. 우리나라에서 여성 대법관은 이제까지 한 명도 없었고 대기업의 임원 중에서도 여성을 찾아보기는 힘들다. IMF 체제가 들어서던 1998년에도 우선 감원 대상은 여성들이었고, 최근 회사 입사의 경우를 봐도 남성은 평균 8.3번 지원하지만 여성은 14.9번 지원한다.

여성 운동은 한갓 성 평등의 문제만이 아니다. 명예나 이념보다 생명을 우선으로 하는 여성들이 모든 사회 영역에 더욱 적극적으로 참여하여 생명 친화적인 리더십을 발휘하는 것은 폭력과 패권이 지배하는 남성 중심 사회에서 인간성을 회복하는 유일한 출구이기 때문이다.

말뿐인 평등이 아닌 실질적 평등이 필요하다.

click 24 · · · 부끄러움

"부끄러움을 잃는 것은 정신 박약의 첫 번째 징후다"

우리나라에는 부끄러움을 느끼지 못 하는 사람이 많다. 수천억 원이라는 국민의 돈을 빼돌려놓고도 자신은 20여 만 원밖에 없다는 전(前) 대통령, 아무런 지위도 없는 사람이 국가 주요 직책의 인사를 좌지우지하는 범법을 저지르고도 국회의원에 출마하겠다는 전(前) 대통령의 아들, 아무 돈이나 받고, 아무 짓이나 하고, 아무 말이나 하고, 자기들끼리는 험악하게 싸우다가 자신의 권리를 위해서라면 똘똘 뭉쳐 무소불위의 힘을 발휘하는 국회의원들, 가난과 불안한 신분, 암담한 미래에서도 열심히 연구하고 학생들을 성실히 가르치는 시간 강사의 연구비를 갈취하고도 부정을 고발한 시간 강사의 강의 시간을 빼앗는 교수들, 사실을 왜곡하고 증오와 국민 갈등을 부추기면서도 언론의 자유를 부르짖는 언론인들, 그래도 우리가 양심 세력이라고

믿었지만 권력과 돈맛에 찌들어버린 386 세대들 …. 이런 사람들을 우리는 흔히 철면피·후안무치·파렴치한·염치도 없는 사람·뻔뻔스러운 사람이라고 부른다.

부끄러움은 인간과 동물을 구별하는 가장 중요한 기준의 하나다. 그 예로 먼저 그리스 신화를 보자. 제우스가 사멸하는 존재자를 만들고 프로메테우스에게 존재자 각각에게 적당한 능력을 부여하라고 명령했는데, 에피메테우스가 모든 다른 존재자에게는 자신이 살아갈 수 있는 능력을 주었지만 그만 분배를 잘못하여 인간에게는 나누어줄 것이 없게 되었다. 이것을 안 프로메테우스는 신들로부터 지능과 불을 훔쳐와 인간에게 나누어주었지만 인간은 행복하게 되지 않았다. 재물을 가지려고 서로 싸움만 하였던 것이다. 다시 말해, 남들과 함께 살아갈 정치적 능력을 갖지 못했던 것이다. 이를 걱정한 제우스가 모든 인간들에게 다시 두 가지를 나누어주었는데, 그 하나는 정의고 다른 하나가 바로 부끄러움이다. 여기에서 정의가 다른 사람과의 관계에 필요한 덕목을 말한다면, 부끄러움은 자신과의 관계에서 필요한 덕목이다. 사람들은 일반적으로 이 둘 중 정의를 더 중요한 것으로 보겠지만 사실은 부끄러움이 더 원초적이다. 왜냐하면 정의(dike)는 부끄러움(aidos)의 딸이기 때문이다.

『성경』에서도 부끄러움은 인간의 원초적 특성의 하나로 암시되고 있다. 아담과 이브가 선악과를 따먹고 얻은 것이 선악을 구별하는 능력을 얻는 것과 함께 부끄러움을 느낄 줄 알게 되는 대목에서다. 부끄러움은 동양 사상에서도 인간 본성 중의 하나로 설명된다. 맹자는 인간의 본성을 말하면서 사단(四端), 즉 시비지심(是非之心)·측은지심(惻隱之心)·사양지심(辭讓之心)과 함께 수오지심(羞惡之心)을 제시하였다. 이것은 바로 부끄러움을 모르는 자는 인간이 아님을 뜻하는 것과 함께, 부끄러움을 느끼는 사람은 정의를 아는 사람임을 말한다.

그러면 부끄러움은 인간에게 어떠한 종류의 것인가? 부끄러움은 개인적 느낌의 결과에 불과한가? 아리스토텔레스는 부끄러움이 우리가 추구할 덕목에 들어가지 못한다고 보았다. 부끄러움은 신체적이고 감정적인 것일 뿐만 아니라 부끄러움은 좋지 못한 행위의 결과이기 때문에 좋은 사람에게는 속할 수 없다는 것이다. 하지만 부끄러움은 한갓 결과가 아니라 하나의 능력이다. 그릇된 일은 하지 않

포로를 학대하면서 보여주는 미군들의 '즐거운 미소'.

이라크인 포로를 학대하는, 아름다웠던 미 여군 '린다 잉글랜드' 일병.

고 바른 일을 하게 하는 신호등 같은, 인간만이 가진 능력이다. 그래서 스피노자는 "부끄러움은 우리가 피하고자 하는 더 큰 잘못을 더 작은 잘못으로 막으려는 욕구다"라고 하였다. '부끄러움은 치욕을 막는다', '부끄러움이 있는 곳에 명예가 있다'는 독일 속담도 같은 말이다. 또한 부끄러움은 자아정체성을 형성하는 핵심 요소다. 부끄러움을 잃어가는 것은 자아를 잃어가는 것과 다름없다. 이런 의미에서 프로이트는 "부끄러움을 잃는 것은 정신 박약의 첫 번째 징후다"라고 말하였다.

얼마 전, 이라크의 자유를 외치며 전쟁을 시작한 미군들이 이라크인 포로들을 발가벗기고 목에 줄을 묶어 끌고 다니는 포로 학대 사진이 공개되면서 세계인들에게 큰 충격을 주었다. 포로들에게 심리적 좌절감과 수치심을 줌으로써 항전 의식을 꺾기 위해서 그랬을 것이다. 하지만 포로 학대를 하면서 웃고 있는 여군의 얼굴에 수치심을 발견할 수 없는 것에서 전쟁이 인간성을 얼마나 파괴하는가를 똑똑히 보았을 것이다.

인간은 실수를 한다. 인간은 불완전한 존재이기 때문이다. 하지만 비록 실수를 할지라도 부끄러움을 느낄 수 있다면 그에겐 희망이 있다. 그리고 용서도 있다. 인간성 회복을 위해 우리가 먼저 해야 하는 것은 부끄러운 일을 하지 않는 것보다 부끄러운 일을 부끄러워 할 줄 아는 것이다. 스스로 부끄러움을 가르칩시다!

click 25···웰 빙

"삶의 질은 물질적·정신적 질을 포함한다"

　　몇 년 전 한 직장인이 직장을 그만두고 퇴직금에다 집을 판 돈을 합해 가족들과 세계 일주 여행을 떠난다는 기사가 나온 적이 있다. 이에 대해 생활과 미래를 담보하는 철없는 행위라는 비난도 있었지만, 쳇바퀴 도는 생활을 과감히 벗어나 자신이 진정으로 하고 싶은 것을 실천하는 용기에 부러움을 나타낸 사람도 많았다. 생활이 나아지면서 살아도 '잘'사는 것에 대한 관심이 늘어나고 있다. 몇 년 전 외국계 여성 잡지들을 통해 국내에 처음 등장되었던 '웰빙'이라는 말이 올해부터 우리 사회에 중요한 코드로 자리잡은 것에서도 이러한 경향을 읽을 수 있다.

　　'웰빙'은 말 그대로 '잘사는 것', 자세히 말해 '안락한, 행복한 삶'을 의미한다. 웰빙은 무엇보다도 '삶의 질'을 강조한다. 물질적 가치나 허구적인 명예를 얻기 위해 현실

적·사회적 조건과 규범에 따라 앞만 보고 달려가는 삶이
아니라, 자신의 관심과 주체성에 따라 자신의 건강과 정신
을 가장 중시하는 삶의 형식이다. 인삼·로열제리 등의 건
강 보조 식품이나 맑은 물과 맑은 공기를 제공하는 정수기,
공기청정기 등의 판매가 급속도로 늘어나는 것도 '웰빙'에
대한 관심이 높아지고 있음을 보여준다. '웰빙' 덕분에 주류
중 건강에 가장 좋다는 와인이 예전보다 두 배 넘는 판매를
자랑하고, 소주의 알코올 도수가 낮아지며, 사이쇼 히로시
의 『아침형 인간』이 베스트셀러의 하나가 되었다.

　　하지만 '웰빙'이라는 기호를 기업과 대중 매체들이 상
업에 이용하면서, 평범한 사람들과는 구별되는 특별한 클
럽의 회원이 되고 비싼 명품과 유기농 식품을 선호하고 건
강과 미용을 위해서라면 비싼 비용도 마다하지 않는 것이

'웰빙'으로 생각하는 편집증이 늘어나고 있다. '잘사는 삶'이 물질적인 질에 집착하는 것으로 변질되고 있다. '몸짱'·'얼짱'이란 말이 우리 사회에서 한 인간마저 인격이 아니라 외모와 신체로 판단하는 물신주의처럼 말이다.

　'웰빙'은 궁극적으로 행복을 추구한다. 행복은 사실 인간의 삶과 분리될 수 없을 정도로 인간의 오랜 관심사였다. 토마스 아퀴나스는 "인간의 삶의 궁극적인 목표는 행복이다"라고 단언한다. 이러한 행복을 말할 때 빼놓을 수 없는 것이 '즐거움'이다. 사실 즐거움이 수반되지 않는 행복이란 있을 수 없다. 플라톤은 '정의로운 삶'이 궁극적으로 '행복한 삶'이라고 보았다. 그리고 행복한 삶은 즐거움이 수반되지만, 즐거운 삶이 꼭 행복한 삶은 아니라고 주장한다. 술과 약에 의한 즐거움이 행복을 보장하지 않는 것처럼 말이다. 한마디로 하면 그는 인간의 올바른 정신을 '웰빙'의 핵심으로 삼았던 것이다. 이와 같이 근엄한 의미의 행복을 에피쿠로스는 이익과 즐거움으로 설명하면서 좀더 구체적인 삶과 결합시키려고 노력했다. 인간은 모든 생물과 마찬가지로 즐거움과 쾌락을 추구하며 쾌락은 꾸밈이 없는 생물학적인 사실이다. 에피쿠로스는 궁극적으로 "모든 즐거움의 근원은 배(몸)"라고 하였다. 하지만 에피쿠로스는 방탕한 삶을 강조한 것이 아니다. 방탕한 삶은 오히려 불쾌를 낳기 때문에 절제를 강조하였다. 적절한 식사가 '웰빙'의 기본인 것처럼 말이다. 이러한 구체적인 행복관을 발전시킨 벤덤은 "행복은 삶 전체에서 최소한의 고통의 총계를 빼고 남은 최대한의 즐거움의 총계"라며 행복을 수치화하려고 했다. 그에게 문제는 '사람마다 자신의 이익을 추구한다면 다른 사람의 이익은 어떻게 되는가?' 하는 점이었다.

아리스토텔레스에 따르면 행복에는 세 가지 조건이 있다. 이성·정의로움·즐거움이 바로 그것이다. 이성이란 어떻게 사는 것이 행복한 삶인가를 아는 것이다. "사람들은 자신이 행복하다는 사실을 모르기 때문에 불행하다"는 헤세의 말도 이를 뜻한다. 정의로움이란 '나 아닌 다른 사람들을 얼마나 배려하는가'의 문제다. 나의 많은 이웃이 경제적으로 파산지경에 이르러 신용불량자가 되고 급기야 가족 동반 자살을 할 때 나만의 행복을 위해 몸 만들기나 몸

진정한 행복은 물질적 풍요에서만 오지는 않는다.

꾸미기에만 몰두하고 있다면, 이는 진정한 '웰빙'이 아니라는 말이다. 자식이 부모를 모시는 일이 우리 사회에서 바람직한 일이라 할지라도, 부모 모시는 즐거움을 느끼지 못한다면 그것은 진정한 행복이 못 된다는 것이 세 번째 조건이다.

'웰빙'은 우리가 열심히 달려오던 삶의 도정에서 우리가 어디서 달려와 어디로 달려가고 있는가를 반성하게 하는 우리 시대의 코드다. 문제는 진정한 '웰빙'이 무엇인가 생각하며 '웰빙'을 추구하는 것이다.

click 26···합법
"진정한 합법은 정의를 지향한 법 이해를 전제로 한다"

2004년 3월 12일, 노무현 대통령에 대한 탄핵소추안이 마침내 국회에서 가결되면서 정부 수립 후 50여 년 만에 '대통령 탄핵'이라는 초유의 사태가 벌어졌다. 며칠 동안 몸으로 막던 소수의 열린우리당 의원들을 몸으로 끌어내고, 195명의 국회의원이 참가하여 재적 의원 3분의 2(181명)를 훌쩍 넘는 193명이 찬성하여 50여 분 만에 가결시켰다. 이제 헌법재판소로 넘어간 탄핵소추안에 대해서는 9명의 헌법재판관들이 탄핵 사유와 탄핵 절차에 대한 검토를 토대로 탄핵 심판을 내리게 된다.

이에 대해 70%가 넘는 탄핵 반대의 국민들은 매일 촛불 집회로 국민의 목소리를 내고 있고, 일부 보수 단체에서도 탄핵 지지 집회를 열고 있다. 이러한 집회에 대해 경찰

에서는 사전 선거 운동, 도로교통법에 따른 불법 집회라며 단속하려고 하고, 경찰의 수장인 법무부장관은 오히려 국민의 자유로운 평화 집회라며 허용을 시사하고 있어 국가적 어려움은 더해간다.

탄핵소추안을 가결한 야당 국회의원들은 국민으로부

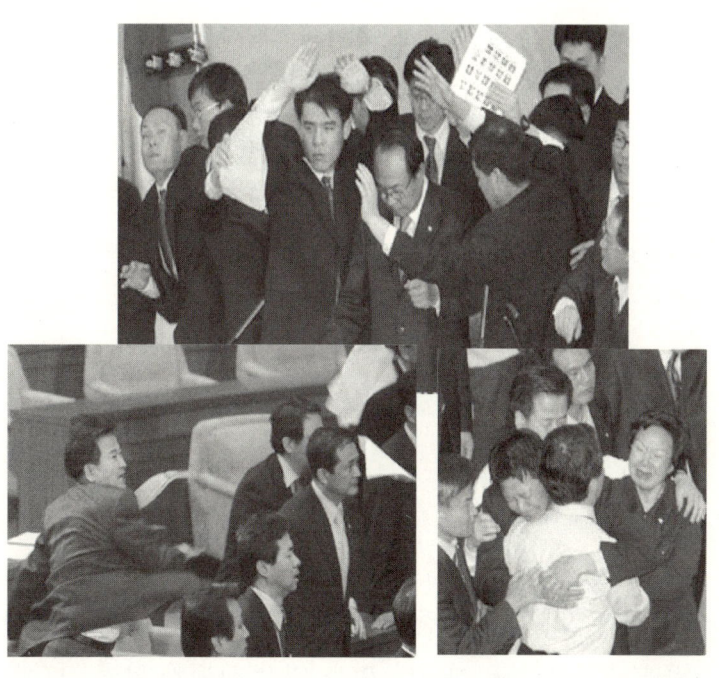

터 권리를 위임받아 자격 미달의 대통령을 탄핵시키는 것
은 합법적이라고 주장한다. 그리고 촛불 집회는 법을 존중
하지 않는 포퓰리즘, 즉 대중 인기 영합주의에 빠진 대통령
과 여당이 국민들을 선동한 결과며, 법치 국가에서 법을 존
중하지 않는 일부 몰지각한 국민들의 행위라고 비판한다.
이와 반대로 대통령 탄핵 소추를 반대한 여당 국회의원들
은 탄핵은 국민의 뜻에 반(反)하는 것이고, 합법을 가장한
불법, 다시 말해 정의를 외면한 다수의 폭력이라고 주장한
다. 부패한 정치권이 의회 권력을 강화하려는 시도에 불과
하다는 것이다.

우리나라는 민주주의 국가다. '민주주의(democracy)' 라는 말은 국민(demo)의 지배(kratia)를 의미하는 그리스어에서 유래한다. 한마디로 '국민에 의한, 국민을 위한, 국민의 정치'를 말한다. 하지만 이것만으로 민주주의 정신이 다 드러나지는 않는다. 현대 민주주의의 바탕을 이루는 것에는 국민이 선출한 국회의원에게 권력 위임, 각 시민의 개인적 자유 수호, 다수결 원칙에 의한 의사 결정 등이 있다. 민주주의 국가에서 정의는 한마디로 법과 국민에게서 나온다.

중국 고대 요순(堯舜) 시대에는 법이 거의 없던 시대였고, 노자는 자연성을 파괴하는 법치를 부정하였다. 그리고 바람직한 정치를 지향한 공자 역시 법치가 아니라 덕치(德治)를 주장하였다. 하지만 법은 인간 사회와 함께 시작한다. 벌·개미들도 사회를 이루지만 법과 같은 인위적인 제도를 갖고 있지 않다. 자연 상태는 모든 사람을 불안하게 한다. 그래서 평화를 꿈꾸는 인간들이 인위적 법 제도를 만들었던 것이다. 플라톤은 이미 『국가』에서, 깡패 사회조차도 규칙 체계가 없이는, 조직 구성원들에게 부과된 의무 체계가 없이는, 엄정한 상벌 제도가 없이는 존립할 수 없다고 말하며 사회와 법의 불가분의 관계를 말하였다. 법은 금지와 처벌 등 우리에게 의무를 요구한다. 이와 같은 법의 불가피성에 대해 마키아벨리는 "착한 사람이기를 바라는 사람은 착하지 않은 수많은 사람들 사이에서 파멸하지 않을 수 없기 때문"이라고 설명하였다. 그리고 법은 궁극적으로 정의를 목표로 한다. 아리스토텔레스는 "정의란 법과 평등과 일치하고 부정의는 법과 평등에 모순된다"고 하여 정의와 법의 깊은 관계를 말하였다. 그래서 민주주의 국가에서 모든 세력은 법의 힘을 얻으려고 노력하고 자신이 합법임을 주장한다.

하지만 이러한 법 체계가 성문화된 규칙 체계, 즉 실정법을 곧바로 의미하는 것은 아니다. 성문법이 항상 정의의 이상을 실현한다고 볼 수 없기 때문이다. 우리나라 국회의원들이 정파적 이익에 의해 실정법을 만들어내는 것이 그런 사례다. 또한 독일의 히틀러 정권 역시 당시 실정법에 따라 적법한 정권이었다는 것은 법과 정의의 괴리를 말해준다. 오히려 정의는 실정법의 불합리한 부분을 개선하는 데 공헌한다. 알랭의 "정의는 법을 유지하려는 법에 대한 의심이다"는 말이 뜻하듯 말이다.

진정한 합법은 언제나 정의를 지향한 법 이해를 전제로 한다. 더구나 여론이 개방된 민주 사회에서 대다수의 국민의 의견에 반하는 것은 결핍된 적법일 뿐이다. 이데올로기와 과거에 집착한 국회의원들에 대해 정의와 미래를 지향하는 국민들은 이번 선거에서 진정한 합법이 무엇인지 보여줄 것이다.

□ 하 병 학 ──────────────────────

중앙대 철학과를 졸업한 뒤 독일 에어랑엔대에서 철학·독어학·사회학 석사, 철학 박사 학위를 받았으며, 숙명여대 의사소통능력개발센터 교수,『독서신문』칼럼니스트를 지냈다. 지금은 가톨릭대 교양교육원 교수로 있다. 주요 논문으로는「현대 논리학적 단초로 본 라이프니츠 논리학 이해」,「거짓말의 현상학」,「비판적 사고와 논증론(논변론)」등이 있으며, 역서로는『논리-의미론적 예비학』등이 있고, 저서로는『토론과 설득을 위한 우리들의 논리』등이 있다.

우리 시대를 읽는 26가지 코드

현실은 언제나 철학적이다

초판 1쇄 인쇄 / 2004년 7월 5일
초판 1쇄 발행 / 2004년 7월 10일

■

지은이 / 하 병 학
펴낸이 / 전 춘 호
펴낸곳 / 철학과현실사
서울특별시 서초구 양재동 338의 10호
전화 579—5908~9

■

등록일자 / 1987년 12월 15일(등록번호 : 제1—583호)

■

ISBN 89-7775-492-5 03800
*잘못된 책은 바꾸어 드립니다.

값 7,000원